U0555335

读客外国小说文库
熊猫君激发个人成长

如果萨莉没离开

[美] 丽贝卡·考夫曼　著
孙远　译

文汇出版社

The Gunners

Rebecca Kauffman

献给乔治

在我们的一生中，童年的回忆时刻闪现，又重新凝聚、回荡，如同万花筒中的碎片组成新的样式；那些如歌回忆中的反复与韵律构成了一个人的独角戏。无论故事如何，我们永远都活在自己故事的循环中。

——迈克尔·翁达杰《远眺》

第一章

六岁那年，米基·卡拉汉发现了关于自己的一个秘密。

一年级的同班同学们被依次带出教室，到体育馆做常规体检。那个大声叫喊他名字的女医生（尽管她叫的是迈克尔，不是同学们熟知的米基）拉着他的手走进了体育馆。女医生的手像谷壳一样又干又冷。体育馆里摆着长方形的桌子、屏幕、文件夹，还有穿着白大褂的大人。一个长着铁锈色小胡子的男医生把一根冰凉的橡胶棒塞进米基的耳朵里，盯着里面看了一会儿，又让米基做了一些简单的测试：闭上眼睛，重复医生轻念的词语，以及比较两种声调的高低。

接着，米基来到下一个检查台。医生又让他闭上眼睛，并要求他如果察觉自己的脸或手臂被笔尖触碰，就说"现在"。小菜一碟，米基想。比起坐在教室里，米基更喜欢体检，享受着当下的触碰：轻柔而专业。

来到最后一个检查台，米基看见一张长长的桌子末端摆着一个支架，架子上的纸印着排列成金字塔形的黑色字母。一个女医生站在架子旁边，依次指向那些字母，米基则要准确地念出指到的字母。越往下字母越小，读到最后两行的时候米基费了好大的劲。女医生在本子上记下了测试结果，接着递给米基一把黑色的塑料勺，叫他把左眼遮起来。她换了一页新字母，重复刚才的检查，测试结果和上一次差不多。

女医生说："现在换另一只眼睛。"接着又换了一页新字母。

这次米基没有举起勺子，只觉得热血冲向脸颊，说："可是这只眼睛才是看得清楚的一只。"

女医生说："宝贝，怎么了？"

"我不能遮住这只眼睛。"他指着右眼，困惑地说，"这只眼睛才是看得清楚的一只。"

女医生走到米基身边，蹲了下来，看着他的脸说："哎哟，小可怜。"

米基不明白这是怎么回事。

女医生向米基解释说两只眼睛都应该看得清楚才好，大多数人的两只眼睛都没有问题。

米基一边想，一边慢慢地点了点头。每当他听到不悦的消息时,就会情不自禁地点头。

米基说:"拜托了,千万别告诉我爸爸。"

那天米基从学校回到家里,父亲一直盯着他的左眼看——那只不好的眼睛——眼神里带着一种轻微的厌恶;接着他又让米基做了一些他的测试,似乎怀疑学校夸大了严重程度。父亲让米基闭上右眼,说出面前有几根手指。米基偷偷睁开右眼,试图给出正确的答案。他恳求父亲不要让他像海盗似的戴个眼罩。父亲说:"眼罩他妈的能解决什么问题?"

父亲让米基当场做出决定,是要让全世界都知道他的左眼有问题,还是让这件事成为一个秘密?当米基选择成为秘密的那一瞬间,父亲仿佛松了一口气,就像如果有人知道了这个秘密,会影响到他们的声誉似的。从此之后,两人再也没有提起过米基的左眼。

米基的父亲在艾顿镇的肉类加工厂上班,艾顿镇和他们住的地方隔了几座村子。父亲身上总带着一股血腥味,指甲边缘也总是红红的,让人联想到野蛮和暴力。他的脸像是充了气般臃肿,眼睛下垂。从米基的孩提时代起,父子俩就一直住在拉克万纳镇英格拉姆大街上一座楼房的二楼。拉克万纳镇位于南布法罗市郊,是一个经济萧条的小镇。小区里只有一半的房子住了人,其余的不是用挡板把窗户遮了起来,就是门前躺着破酒瓶子,再不就是无人修剪的草坪上有流浪猫拉的屎。他们楼上的租户经常穿着拖鞋去小店，身上总隐约有股酸味儿。每个月他们都会和房东大吵一架，无非是又迟交了租金而房东则威胁要赶人。米基的父亲总是按时付租金，只是有时候会忘了缴水电费。每当这时，一个穿着海军服的男人就会出现在门口来要钱，说是如果不付钱，他就要拉闸。要是拉了闸，到了晚上怎么看得见，又怎么做饭呢？

米基的父亲只吃四样东西：麦片、苹果、冷切肉片配白面包，还有趣多多巧克力饼干。从前，米基只认识这四样食物，直到他和朋友分享午餐盒或是去朋友家做客时，才认识其他食物。

米基没有母亲。由于父亲拒绝提及母亲的任何信息，米基便自己在家里寻找起线索来。他曾经在朋友家看见过妈妈们会拥有的东西：一团连裤袜或是一只高跟鞋、一沓字迹潦草的清单、一个装满指甲油的塑料小篮子、一盒放在水池下面的卫生棉条、一条绣着公鸡或者驯鹿的围裙。然而，他在自己的家里却没找到一样类似的东西。

只有一次，米基找到了一个和这个家不太匹配、显得格格不入的东西。那是一个摆在父亲衣橱角落的小箱子，就在一堆折叠整齐的、深浅不一的灰色毛衣下面。那个闪亮的箱子有点俗气——是整个家里父亲唯一不可能买的东西。米基打开箱子，蓝色里衬的气味唤醒了他的记忆，那记忆很模糊、遥远，宛如一缕炊烟。也许是记忆里的记忆吧。即便如此，米基开始猜想自己是不是跟朋友们不一样，不是从女士撒尿的洞洞里生出来的，而是从天而降地出现在这个箱子里。这个箱子刚好能装下一个宝宝，而且形状也跟子宫差不多。米基并没有找到任何他出生在这个箱子里的证据，然而作为一个小男孩，这是他一直都坚信的理论。他喜欢打开箱子，轻抚材质奇特的人造革，想象着生命在这个柔软的、蓝色的地方开始了。

　　米基的父亲性格孤僻，话也不多。他们的关系还行，并没有多坏，至少从未发生过狠毒或者难以忍受的事情，然而也并没有多好。米基的父亲膝盖有问题，脾气不好，性情阴郁。他经常喝酒，几乎每天都喝，不过很少喝醉。米基从没见过他醉得摔倒，或是骂骂咧咧，又或是在椅子上睡着。米基小时候，父亲经常沉浸在对毫无意义的事情的冷嘲热讽中。有时在寂静的夜晚，他会毫无理由地阻止米基和邻居家的小朋友出去玩。在这些夜晚，米基会早早地上床睡觉，就为了离自己的父亲远一点。他会关上卧室的窗户，这样就不会被朋友们在远处嬉闹的声音伤到了。

　　艾丽斯、萨莉、林恩、吉米和萨姆是邻居家的孩子，都成了米基的好朋友。几个人住在同一个街区，都想逃离家庭，寻找玩伴。孩子们把英格拉姆大街上一座废弃的房子定为他们正式的根据地，门前生锈的信箱上贴着金色的胶带纸，上面写着"枪手"。这座房子从他们记事起便一直空着，而且周围也没人叫枪手。于是他们"接手"此地，把自己当成了枪手。他们用在街上捡来的东西布置枪手之家的主卧，有发霉的床垫、沾满香烟污渍的枕头、三只脚的露台椅、没了眼睛的娃娃、一棵人造圣诞树——圣诞树破得不行，花了好几天才组装好。屋顶中央还挂上了一个手电筒。就在这里，他们讲笑话、玩游戏、发明"暗语"、商定计划、制造麻烦、吐槽父母、打牌赌钱、讲故事、计划报复坏小孩、互相斗嘴、再次和好，沉溺于无聊中，梦想着未来的生活，远离拉克万纳的生活。

　　孩童时期的枪手们一定想不到，在他们十六岁那年，他们中的一个成员会离开大家，而这群人会因为这个突如其来、毫无解释的离开弄得七零八落。仅仅几个星期后，他们之间的友谊就消散了，只剩各人独自徘徊于黑暗和混乱的孤独中。米基·卡拉汉的心上似是缺了一角，而缺口越来越大，终至崩塌。

第二章

时值春季,四月里,离高三结束只剩下一个月的时候,萨莉·福里斯特离开了枪手们。在学校里,她不再跟他们说话,也再没踏进"枪手之家"一步。大家在走廊里或是在英格拉姆大街上叫她,她也不理睬,反而加快脚步,低着头换了条路走。电话打到家里她也不接。最终,大家一起去她家里找她,萨莉的妈妈科琳娜说萨莉不舒服,不让他们进去。

萨莉并没有在学校里结交新朋友来取代枪手们。她总是一个人去外面或者在没人的教室吃午餐,似乎根本无所谓是否有人陪伴。课堂上她从不举手发言,暗淡的双眼逐渐冷漠,行动也很僵硬。

在接下去的几个星期里,枪手们苦苦思索如何挽回萨莉。他们回想最近的交谈,推想各种原因,甚至准备了语焉不详但真诚恳切的道歉词，然而他们仍然不能理解萨莉为什么离开了大家。他们开始互相责备，带着对彼此的怀疑、怨恨，提出各种猜想、指控。在高中的最后几个月，无论是在学校里又或是拉克万纳的大街上，枪手们都把彼此当成了陌生人。

米基比他们小一年级，也是枪手中除了萨莉唯一留在拉克万纳的人。

高中毕业后，米基就从他父亲的房子里搬了出去，搬进了往北十二英里的一间小平房。他在附近的食品公司"通用磨坊"当维修工，这样一来，去工厂上班的时间也由原来的三十分钟缩短到十分钟。这座房子的主人是个老太太，名叫路易丝，自己搬去敬老院住了。路易丝告诉米基，她的两个女儿都跟白眼狼结了婚，她并没有打算把房子留给她们中的任何一个。所以米基可以根据自己的喜好，给房子刷个新的颜色，养些花花草草，再养个自己喜欢的宠物。米基把灰粉色的墙刷成了暖暖的奶白色，在屋前种了一簇连翘。还在某个星期五领养了一只黑色的小猫，于是就给猫咪取名为星期五。

从父亲的房子里搬出来后，米基养成了一个习惯，就是每个星期天回去看父亲。父亲会给他倒一杯啤酒，在接下去的几个小时里，两人便直愣愣地瞪着电视。父亲起身撒尿时会说："你走的时候记得把门锁上。"每当这时，米基也就松了一口气。

米基从来没有离开过这个区域,也一直都在通用磨坊上班,十年里升了两次职。他一直住在那座小房子里。路易丝去世后,当米基发现她把这座房子和房子里的一切都留给了自己时,着实吓了一大跳。他没想到路易丝有那么讨厌那两个白眼狼。

米基把路易丝那些惊人的收藏,比如《红书》杂志、色情小说,还有食谱都捐给了救世军,只留下了《做饭的乐趣》这本书。他心不在焉地翻看着,书里有好多页不是被汤汁弄脏了,就是夹着面包屑。翻着翻着,米基竟对这本书产生了兴趣。他开始尝试各种烹饪方法,煎、灼、炒、做焦糖、炼乳、腌菜,还能快速心算出一个人的用量。他一边听磁带里的经典音乐,一边仔细研究路易丝的收藏,就这样,听歌做饭直到深夜。

星期五成了米基的小可爱,一个让人愉悦的小伙伴。它是猫咪中的猫咪。每当米基摸它的脑袋时,它就会发出咕噜咕噜的声音,背部高高拱起,蹭着米基的腿。米基做饭的时候,它就在米基的两腿之间来回走模特步。早上在床尾醒来时,它也会咕噜咕噜地叫。每天晚上它会躺在米基的胸上,开心又认真地用那黑色的小爪子在米基的脖子上揉来揉去,咕噜声就从没断过。一打哈欠,一股带着鱼腥味的口气直冲米基的脸。米基一直没想明白他怎能如此幸运,拥有了这么一只快乐、满足的猫咪;不像米基,它从来不会滑入那些阴暗、哀怨、狭隘的情绪中。

从父亲家搬出来不久后，米基右眼的视力就变得越来越差。远处的路牌、树上的树叶，还有屋顶上的瓦片都渐渐模糊起来。视力变差的过程非常缓慢，以至于过了好多年，米基才决定去看验光师。

验光师给米基做了检查，给他的右眼开了个方子，又问米基左眼是什么时候完全看不见的。

"从来没有看见过。"米基说。

"嗯，我知道了。"验光师仔细检查米基的两只眼睛，一束蓝光照进了右眼。

米基选了一副镜框，跟接待员一再强调只有右眼的镜片需要度数。

几个月过去了，米基再次去找验光师，这时他的右眼视力更差了。验光师又给他做了检查，把镜片的度数加强了。

一年后，米基因为同样的理由再次来到医院。

这次，验光师问到米基的盲区，米基承认自己确实看不见一些东西，问验光师这意味着什么。医生说米基患有早发性黄斑变性。

米基立刻问："我会瞎吗？"

医生也立刻回答："很有可能。"

"什么时候？"

医生把米基新的度数和以前的做了个比较,说:"几年后吧,不过现在科技进步很快,也说不准。"

米基感觉一股怒气油然而生,一种害怕的愤慨穿过冰凉的胃,问:"这是为什么?"

"你在想这可不可能是遗传造成的?"

"嗯。"

"有可能。"医生说。

米基沉默了一会儿,说:"记得小时候,我有一次抬头直直地盯着太阳看。"

医生微笑着说:"大人都不许小孩子这么做,不过那几乎不可能造成永久性的伤害。这不是你自己造成的,我可以向你保证。"

米基开始学习盲文,开始尝试蒙住右眼做饭、打扫卫生、穿衣服。他还开始给图片、颜色和记忆分类,并试图给自己编出一些符合逻辑的联想——如果哪一天突然瞎了,也好有个准备。比如,红色是肉桂的味道,蓝色是把手指放入流淌的水里,白色是奶油的味道,满月是肖邦的《降E大调夜曲》(Op. 9, No. 2),第一片飘落的雪花就跟白糖的味道一模一样,一条绿树成行、有路灯的大街就是菲利普·格拉斯的《一号变形记》。

除了萨莉,其他的枪手在高中毕业一两年后各奔东西,开始用邮件联系，似乎都忘了萨莉离开后造成的隔阂和痛苦。虽然大家从未统一约定，却都自然而然地用邮件恢复了联系。每隔几个月的邮件总是很温馨暖人，时而提及一段快乐的童年回忆，时而是一个老笑话。一转眼，大家都到了而立之年，过去的十年见证了巨大的变化，而所有的变化都被那些邮件记录了下来。

吉米十九岁那年搬去洛杉矶后，靠着聪明的投资发了大财。萨姆在二十一岁那年结了婚，婚礼只邀请了家人到场；现在跟和妻子一起造访的一座格鲁吉亚教堂交往频繁。林恩去纽约上了音乐学院，但现在住在宾夕法尼亚的一座小镇子里，和她的男朋友一起经营一家匿名戒酒会。艾丽斯上了密歇根大学，和一个被她称为"圣徒"的研究生私奔了，结婚一年后又离了婚，现在只跟女人约会；眼下她在休伦湖边经营着一个很小不过生意很好的码头。一想到自己高中毕业后相比其他人变化甚少的生活，米基就感到尴尬。在他们的邮件里，枪手们描述着婚姻、旅行和音乐会；在米基的邮件里，他只能告诉枪手们高中运动馆翻新了，他尝试了一个新的菜谱，还有猫咪星期五的健康状态。

有时，米基在拉克万纳看见了萨莉，他极力控制自己不要把这件事告诉大家。据米基所知，高中毕业后，萨莉还是跟她的妈妈住在一起。他经常看见萨莉进进出出，在药店里排队、买桃子，又或是拿着手机靠在耳边，走在英格拉姆大街上，看上去像在听电话里的人说话，不过却从不回话。米基不知道她有没有工作，不知道她有没有交新朋友，也不知道电话那头的人是谁。

高中生活结束了，其他的枪手也离去了。一开始米基还希望跟萨莉恢复联系，她也许会告诉自己是什么让她离开了大家，如果自己也有一部分责任的话，也许还可以跟她道个歉。不过当他们在街上相遇时，萨莉仍和高中时一样，用冷漠轻蔑的眼神掠过米基，好像他们从来不相识，从来不相知。每当米基看见萨莉时，身体里充斥着一种密集、疼痛的空虚，隐藏着无尽的蕴意。

他很想告诉枪手们，他们的老朋友萨莉还是那么瘦，好像比上次看见她的时候更瘦了。她总是戴着一副太阳镜，看不见她的眼睛。她还提着一个帆布包，包上绣着一个水果篮子，带子上有一大块鲜黄色的污渍。米基仍然很想念她，也很好奇，好奇到底发生了什么，好奇其他人是不是和他一样疑惑。不过他总是说服自己，如果其他人也关心的话，肯定会问。如果其他人都满足于现状，那就没必要重提旧事，自揭伤疤了。

他们经常提起再次相聚的事，不过总是凑不到一起。即便如此，多年的邮件交往和偶尔的见面，让米基仍然认为艾丽斯、吉米、萨姆和林恩是自己最好的朋友。他和同事相处得不是很融洽，也不喜欢参加社交活动。在过去的数年中，他仍然那么害羞。他没有社交网络的账户，因为找不到一张让自己满意的照片。照片里的自己，左眼永远有那么一点迷离、模糊，看上去很奇怪；右眼有神却总是对不准相机镜头，像是怕镜头揭自己的短似的。他的脸也总是红红的，被一层雀斑覆盖着；头发蓬乱，貌似只有斧头才压得平。

因此，米基总是带着浓厚的兴趣浏览枪手们的邮件，感觉自己深入到了他们的生活中。他用谷歌地图查看他们生活的小镇，放大周围的公园，在大街上来来回回地"行走"。他养成了一个给他们寄生日卡片的习惯，是真的卡片哦，不是电子邮件。而枪手们也总是很感激米基的这一举动。

米基没有告诉朋友们自己有一天可能会变瞎。他在童年的相册、学校的纪念册、日记和一堆堆用橡皮筋捆起来的宝丽来照片中，找到朋友们的照片，想着他们的样子，心里明白，有一天这些亲爱的面庞会渐渐远离自己。

一月初，布法罗市被三英尺厚的灰色积雪冻住了，空气十分寒冷潮湿。人们行动缓慢，就像一件旧机器的齿轮，肌肉僵硬，面庞冰冷。工厂里的水管裂了，米基一天要工作十二个小时，一忙就是好几天。米基三十岁生日那天收到了艾丽斯的短信和一封人力资源部发到他工作邮箱里的电子贺卡。贺卡上的字体看上去是手写的，赞扬米基是个好员工，并祝他生日快乐。

生日过后的一个星期,米基就收到了萨莉的死讯。

消息是从一个同事那里听说的,那个同事跟米基上的是同一所中学,不过比米基小几年。他并不认识萨莉,然而一个"老同学"自杀的消息还是通过当地的新闻传到了他的耳朵里。她的尸体是在布法罗河里找到的,在离布法罗大桥下游不到四分之一英里的地方。她的车停在大桥的入口处。那是一座钢铁大桥,距离水面足足一百英尺。前一天晚上,萨莉的妈妈去警察局报了失踪。虽然没有明确的证据,这看起来确实是一起纯粹的自杀事件。她的妈妈表示萨莉曾与抑郁症抗争,而且大桥的监控录像显示,萨莉在午夜时独自一人出现在桥上。米基的同事想起萨莉跟米基的年龄相仿,于是在厂里问起了这件事,想知道米基有没有听说这则新闻,认不认识又或者还记不记得这个女孩。"她叫萨莉,"同事说,"你认识一个叫萨莉的女孩吗?"

葬礼的日程已经确定——两周后在圣玛丽教堂举行。那座教堂离萨莉妈妈的家最近,离英格拉姆大街只有六个街区。

米基的心碎了,脑袋一片混乱,根本无法集中注意力。他发现不管花多长时间、多少精力去想萨莉,总觉得无法靠近她的内心。还有,当他试图回忆萨莉的过去时,又发现怎么都无法接近自己的内心。他感觉不到心中任何真实或确切的情绪。他开始怀疑自己到底有没有心,又或是,一个空洞的人。

米基联系了艾丽斯、吉米、萨姆和林恩,把这则消息告诉了他们。所有人都准备来参加萨莉的葬礼。

马上就要见到他们四个了,这带给米基一丝慰藉的同时,也伴随着些许紧张。成年的独居生活给他的自信带来了极大的影响。他相信自己仍然能跟朋友们一见如故,能引起他们的兴趣,让他们感到自在,还能给他们带来欢笑。然而在消极的时刻,他会担心时间给他们之间的友情带来尴尬,因为他们分开得实在太久了。

距离萨莉的葬礼越来越近,米基理了个发,铲了门前的雪,吸了星期五飘在家里的毛。他发现自己时常气短,就算不那么激动的时候也一样。

他尽量避开那座大桥,宁愿从尼加拉瓜大街绕道走。

葬礼的前几天,米基接到了吉米的电话,邀请他在葬礼过后一起用晚餐,就在湖边的度假屋里,离拉克万纳不远。房子是几年前吉米给家人买的。吉米说他也会请艾丽斯、林恩和萨姆。他还说家里有好几张床,欢迎大家留宿。

米基对吉姆的邀请表示感谢,问:"要我带些什么东西去吗?"

"当然不用,"吉姆低声笑道,"泽佩林会负责餐饮,就算来一个军队都够了。"

米基问:"兄弟,你还好吗?"

吉米说:"我就是不相信她真的离开了,又一次离开了。"两人沉默了一会儿,吉米的语调有些异样,"我一直不停地想,米基,你知道些什么吗?"

米基的头变得好重,脖子都快支撑不住了,这感觉太糟糕了。他的心跳得很快,有一种奇怪的感觉,就像是在某个人的梦里,被人拉扯着。

他盯着窗外,看见了一大群乌鸦,该有几千只,又或者几万只吧,落到了街对面一排病恹恹的枫树上。

米基站了起来,举着电话,走向大门,打开门,走进了雪地里。

外面闹哄哄的,尽是哑哑的鸟叫声。过了一会儿,米基关上身后的门,有几只鸟被关门的声音吓着,飞走了。其他鸟也跟了上去,一群又一群。米基吐出一团白雾,那空荡荡的肺感觉到凉意。他一边咳嗽,一边看着鸟儿们从树上飞走,形成了一道华丽的波纹。不一会儿,鸟儿们就全都飞走了,宛如一个巨大的旋转的黑色锥子,只留一片白茫茫大地。天地间只剩沉默,一种圣洁、令人向往的沉默，仿佛是某人的祷告太过悲切，而无法诉之于声。

米基仍然举着电话，嘴唇都被冻僵了，电话那头传来了吉米的声音："米基，你还在吗？"

米基终于说话了："我什么都不知道。"这几个字仿佛是从他的嘴巴里滑出来的，又长又冷，跟蛇似的。

第三章

从幼儿园起,米基就是个害羞的小男孩,总是独自一人坐校车;而其他孩子都在大叫、拍手、讲笑话、骂脏话,看各自都带了什么样的午餐。早晨,米基看着窗外,看见其他孩子都被接走了,到了下午又全都给送了回来。那个眼睛的颜色跟游泳池一样的意大利小孩和那个脸蛋胖乎乎、粉粉的、金发碧眼的孩子一起玩,他说出来的R像是W。两个人总是在讨论足球,用臭烘烘的马克笔在本子上画出球场、球门,还有斜线。那个高个子、黑眼睛的女孩的颧骨很高,总是在命令身边的每个人,会用很多词骂人,骂起来还挺有新意的,类似"大屁股""用屁股呼吸的蠢人"。那个长满雀斑的红发女孩在课间休息时总是去音乐教室练钢琴。身材苗条的银发女孩就住在米基家旁边,中间隔了几户人家。通常,女孩跟米基一样,自己等校车。也有时候,她那身材苗条、长着一头银发的母亲会站在旁边一起等。她也自己一个人坐在校车上，通常，她就坐在米基后面，有时候米基能听见她在轻声唱歌。

一天早晨，女孩突然坐到了米基旁边。

她坐下去的时候，眼睛看着下面，好像在道歉似的，说："别的地方没有空位子了。"

她身上透着一股干净的香气，系着一条绿色的头带。凑近了，米基发现她的头发其实不是银色的，而是一种很白的金色，米基还从来没见过这么白的金色，白到折射出周围的颜色和光线。她的脸很漂亮，精致得如蕾丝一般。她把书包放在了苗条的腿下面。

米基说："没问题。"

女孩叹了口气，摸了摸发尾。

米基问："你叫什么名字？"

"萨莉。"

"我叫米基。"

"你在上幼儿园？"

米基点了点头，问："你几年级？"

"一年级。"

"你识字吗？"

"嗯。"

"我还不会。"

"没关系,"萨莉问,"那个洗车的人是你爸爸吗?"

"什么?"

"有一天我看见一个人在你家门口洗车,是一辆旧旧的白色的车。"

"哦,没错,"米基说,"那是我爸爸,是他的车。"

"你妈妈呢?"

米基说:"我没有妈妈。"

"她是不是去世了?"

米基想了想,说:"可能吧。"

萨莉沉默了一会儿,接着说:"我妈说我爸就是个死人,还有其他很难听的话。"

"所以他也去世了吗?"

"应该没有吧。"

米基问:"你要吃奶糖吗?"

"嗯。"

米基问她是要西瓜味、葡萄味,还是青苹果味的,她挑了一个青苹果味的。她吃得很小心,那暖暖的呼吸变得既甜蜜又陌生。

第二天，萨莉又坐到了米基旁边，虽然车里还有其他空位。接下去的几天都一样。

一般来说，他们的话不多，那种沉默轻松、温馨。有时候，萨莉把包放到米基的腿上，趴在包上睡着了。米基看着那张熟睡的脸上轻柔地出现各种表情，试图想象每种表情都代表了什么样的梦境。

艾丽斯·克兰斯是他们这个小团体的正式组建人，那时正值她一年级升二年级的暑假。暑假刚开始一个星期，艾丽斯就厌倦了电视以及所有和哥哥们争夺第一、最后或者最厉害的比赛。

一天下午，她听到离他们家不远的绿色房子后面传来说话声和笑声，于是就走了过去，正巧看到一个球飞到空中。

她径直走到两个戴着棒球手套的男孩中间，双手叉腰，比那俩男孩足足高出六英寸的样子。

"你们跟我坐的是同一辆校车吧？"她说。

她来回打量着他们俩。那个脸蛋胖乎乎的金发男孩用手套握住了拳头。他的肩膀浑圆，脖子粗壮，眼底有细小的阴影。鼻子和又薄又白的眼皮因摩擦透着粉红色，像是经常哭或者对很多东西过敏。他没穿T恤，肚子上有肉，不过还挺紧实的，跟他那小身板形成了鲜明的对比。

艾丽斯问："你们叫什么名字呀？"

黑头发、蓝眼睛的男孩说："吉米。"他的眼睛很特别，明亮又好奇，就像一对小行星。

金发男孩说："我叫萨姆。对了，你怎么在我家里呢？"

"我叫艾丽斯，住在这条街上唯一的砖房里，家里还养了一只名叫杰克的大黑狗。"说着朝自己家的方向抬了抬下巴。"是这样的，我组建了一个俱乐部，我是老大，"艾丽斯说，"正在招募会员，你们要加入吗？"

萨姆说："俱乐部里都有谁呢？"

艾丽斯发出了一丝愤怒的声音，皱着眉看着他，说："如果你不加入的话，就跟你没关系。"

萨姆把大拇指猛地凑近艾丽斯的脸，说："看我的血疱。"

艾丽斯说："真恶心。"

吉米说："你的俱乐部是做什么的呀？"

"很多秘密活动。"

萨姆把棒球扔上抛下，说："我和吉米会讨论一下，明天给你答复。"

第二天下午，艾丽斯回去找吉米和萨姆。萨姆说他们已经讨论过了，如果艾丽斯让他们跟大黑狗杰克玩的话，他们就加入俱乐部。艾丽斯说:"没问题,不过要是被它咬了,可别怪我。有些地方杰克不喜欢被人摸。"

萨姆问:"俱乐部里还有谁呀?"

艾丽斯说:"我正要去问住在这条街上的别的孩子呢。那个比我们小一年级的男孩,在校车上一直和那个银发女孩坐在一起,他们俩。还有那个课间休息时去练钢琴的红头发的女孩。"

萨姆说:"等一下,这么说你的俱乐部还没成立,正在组建中?"

吉米说:"这算是白手起家吗?"

"有什么不一样的吗?"艾丽斯双手交叉在胸前,语气既强硬,又带着些许的不假思索。

萨姆沉默了一会儿,说:"我可以当副主席吗?"

"什么?"

"除非给我当副主席,否则我们就不参加你的俱乐部。"

艾丽斯考虑了一会儿,说:"好吧,随你便。"说完转过头问吉米,"你想当什么?"

吉米两眼放光,黑色的眼睫毛仿佛是那双蓝色眼睛的画框,说:"我想负责管理宝藏,因为我很善于跟钱打交道。"

艾丽斯说:"好吧,那我们就叫那个弹钢琴的女孩做秘书,另外两个加入就行了,除非他们想出了什么特殊的职位。"

艾丽斯、萨姆和吉米三人在英格拉姆大街上进展顺利，成功地把林恩、萨莉和米基都纳入了俱乐部。艾丽斯已经看中了枪手之家，可以作为大家的聚集地。那天下午，俱乐部召开了第一次正式会议。艾丽斯把大黑狗杰克也带了过来，还顺便带来了一把漏勺，以防杰克在房子里大便。"它的肠胃不怎么好。"艾丽斯解释说。萨姆拖着一个在路边捡到的绵羊头标本走进了屋子。屋子里充斥着浓烈的霉味和猫尿味，闷热的空气中布满厚重凝滞的灰尘，同时掺杂着满头大汗的孩子们渴望、欢乐的声音。

第四章

萨莉八岁那年，她和米基决定一起散步去卡瑟尔公园。那时正值八月，枪手中就他们俩没被编进圣玛丽教区的圣经学校，也不需要在这个时候去参加埃利科的夏令营。

萨莉和米基以前去过那个公园，但都有大人跟着。他们知道走路过去很远，不过也知道只要沿着英格拉姆大街走向湖岸，然后再往东走很长的一段路就到了。他们带了一个书包，包里装着火腿芥末三明治、玉米薯片、水果软糖，还有一壶水。他们有一整天的时间走到那里，再走回来。萨莉的母亲不会在下午五点前到家，要是去跟某个男朋友喝点东西的话就会更晚。而米基的父亲要到傍晚七点左右才到家。虽然萨莉和米基年纪都不大，但都已经学会用钥匙开门。米基家的钥匙放在门口的垫子下面，萨莉家的藏在一块足球大小、可以打开的假岩石里。

一个小时后,两人来到了公园。

一路上,两人谈论起下学期的课来。萨莉向米基介绍不同的老师,先提起欧克思老师教室里的那只活螃蟹,还有米基要从欧克思老师那里学到的所有关于动物的有趣知识。比如,鸵鸟比马儿跑得还快,公鸵鸟叫起来就跟一头狮子似的;雪鸮们会出人意料地迁徙,木蛙和其他动物过冬的方式不一样,会把自己埋在地底下,冻起来。

"它会停止呼吸,"萨莉说,"心脏也会停止跳动。"

米基问:"那不就是死了吗?"

"不是的,"萨莉说,"到了春天,或者它想醒来的时候,就会和大地一起解冻,心脏又会重新开始跳动。"

两人经过路边的一簇三叶草丛时,米基停下了脚步,帮萨莉把那小小的紫白色的花瓣从花茎上摘下来,咬着花茎吸出甜甜的可以吃的花蜜。萨莉很喜欢跟米基待在一起,他似乎从来都不会说让人讨厌的话。跟自己一样,不管说不说话,对米基来说都行,而且他也从来不提让人很难回答的问题。这样让萨莉觉得很舒服,有些事她是不愿意谈起的。而那些事,米基也从来不会问。

周围很安静,天气很热。

到达公园的那一刻,萨莉骄傲地觉得自己长大了。她左顾右盼,迫切地想从停车场和野餐区找到能够见证他们这一"壮举"

的"证人"。然而停车场里只有一辆风尘仆仆的老式蓝色皇冠,除此之外,空无一人。

两人仔细研究玻璃后面的一张大地图。他们先到附近的喷泉旁,灌满水壶;再沿着小路走向了龟池,决定在那里吃午饭。

龟池跟一个足球场差不多大,池里的水是军绿色的,空气里掺杂着烧焦的草和污水的味道。蜻蜓飞过芦苇丛,一只黑色的拖鞋陷在粪堆里,一支烧焦的百威啤酒罐漫无目的地漂在水面上。两人站在池边,看了会儿乌龟,随后找了块阴凉处坐下来,开始吃那冒着热气、变了形的三明治,还打开了薯片。

米基吃了一片薯片,突然猛地一吸气,指着河面,轻声说道:"乌龟。"只见一个黑色的小脑袋小心翼翼地出现在水面上,距离池边有六英尺远。两人站起身来,凑近了去看。

"小家伙,没事的,"米基小声说,"小家伙,你真乖。"

透过水面,萨莉发现那是一只箱龟,龟壳大概六英寸长。那双警惕的小眼睛半闭着,一副睡意蒙眬、略带恼怒的样子。米基拿着薯片又往前走了一点。

"小家伙,我有东西给你。"米基一边说,一边把薯片丢向了乌龟,薯片正好落在乌龟几英寸外的水面上。乌龟的脑袋立刻埋入了水里,没过多久,薯片就消失了,原来是被乌龟从水下吃掉了。米基咯咯地笑起来,阳光照在他的脸上,那双暗淡的眼睛亮成了蜜瓜色。

萨莉也把薯片丢了过去，乌龟又吃了。米基接着丢，这次丢的距离近了一点，好引诱乌龟游到岸边来。

米基说："如果它游得够近，我就抓住它。"

说完他便慢慢地踩进了水边的淤泥里，脚陷了进去，鞋子旁边立刻形成了一个水坑。然后另一只脚也踩进了水里，这下两只脚都被水淹没了。乌龟消失了，米基把五六片薯片丢了出去，薯片形成了一个弧形，他接着又往前跨了一步。

萨莉说："你要不要把鞋子脱掉呀？"

米基说："不用，说不定这泥里有蚂蟥，如果被咬了，就要在它喝光我的血之前把它给烧死。这水还挺舒服的，这样我们一会儿走回去的时候，我的脚就凉快了。"

米基又向水里迈了一大步，水漫到了他的小腿，只见他笑起来，还做了个鬼脸。

"好黏呀！"米基说。

米基看起来很开心的样子。萨莉觉得把鞋子弄湿，好让脚凉快凉快是个不错的主意，于是就跟着米基走进了水里。

很快水就漫到了她的膝盖。

萨莉说："没准我会把短裤也弄湿的。"

米基说："可能吧。"

现在萨莉迈出的每一步都很缓慢，因为要把脚从柔软的淤泥里拔出来越来越费力。那感觉有些奇怪，却又很令人兴奋。一会儿，水就漫到了她的臀部，她的脚踝早已陷入了泥里。

突然，萨莉发现米基在挣扎，他不再笑了，脸上的神情也变了。他的两只手抓住膝盖，像是要把膝盖从泥里撬出来。

萨莉问："你没事吧？"

"我卡住了，"米基说，"两只脚都动不了了，可能要沉下去了。"

米基刚说完，萨莉就意识到自己也被卡住了，快要沉下去了。

"好吧，"萨莉说，"现在，让我们……"她也学着米基的样子，用双手拉扯小腿，可是一点用也没有。

米基说："我们为什么不……"他一边说，一边猛烈地挣扎，一只腿终于从淤泥里解放出来，整个人跌进了水里。一只脚出来了，另一只脚很快也被解救了。米基走向萨莉，在水下抓住她，想把她的腿也从泥里拔出来。萨莉抓着米基的头作为平衡点，感觉到米基抓住了自己的腿，可是不一会儿，米基又被卡住了。淤泥裹住了萨莉的腿，就像蛇缠在树上一样。突然间，池里的水看上去宛如又深又黑的墨水。

米基说："别担心。"

然而萨莉还是注意到米基慌张了起来。两人抓住彼此的手臂,想一起用力,保持平衡,可越是想挣脱,就沉得越快。

水已经漫过了萨莉的腰。两人大喊救命,也试图回头冲着停车场大叫,可那渺小的声音很快就被周围厚得跟枕头似的湿气淹没了。

一会儿,水就到了萨莉的肋骨,一股闷热的臭气飘入了她的鼻孔。

萨莉说:"我不想死!"她用胳膊捂着脸,抽泣起来,想到了母亲,她可能会来解救他们的。可是又想到太阳落山前,母亲是不会发现自己的女儿不见了的,要是她跟某个男朋友出去玩,发现得就更晚了。萨莉突然想到,即使母亲在场,她也很难相信母亲知道该如何应付眼前的状况,母亲并不属于那类最聪明的人。萨莉又想到了远在加拿大的父亲,虽然一点也不了解他,也从没跟他见过面,萨莉却很肯定父亲知道应该采取什么样的应对措施。可是父亲离得那么远,有时候寄给萨莉的生日卡片会迟到三个星期,就是这么远。考虑到向父亲求救似乎不太可能,萨莉现在更好奇,父亲需要多久才会知道自己的女儿淹死在了淤泥里。她很想知道父亲会不会大哭。不知为何,想到父亲的眼泪,一股强烈快速的冲动直击萨莉两腿间的私处。

米基说:"我要沉到水里去,找到鞋子,解开鞋带,这样我的脚就能抬起来了。"

说完他便消失在水面上。

他的头顶冒出了几个小水泡，一片膨胀的薯片漂过。

米基猛地浮出水面，一个劲地咳嗽，眼睛、睫毛全都湿了，头发黝黑，一束一束地粘在头上。突然他又猛地咳了一声，说："我的脚拔出来了！"

接着他又沉入水里，就在萨莉身下，萨莉能感觉到他抓住自己左边的脚踝，挖开周围的淤泥，试图拔出来。就快成功了，萨莉的内心感到一种甜蜜美好的膨胀，是一种简单却前所未有的缓解。她会没事的！母亲根本就没必要来找她，也不需要去挑选一条葬礼上穿的裙子，父亲也不必哭泣。

一从水里出来，两人就不停地喘气、颤抖，很快又轻松地大笑起来。他们把腿上和手上的泥冲掉，萨莉帮米基拿走了裹在头发里的小树枝，打开了水果软糖。萨莉的膝盖上长出了一些汗毛，这时她才发现那些绒毛在阳光下闪闪发光。

两人开始往回走，一路上尽是橡子壳和黏人的荆棘。强烈的阳光照在湖岸边，走过沟渠时，路边的石子又热又锋利。

走到英格拉姆大街时，他们的脚都成了棕色的，血迹斑斑；两人都累坏了，很虚弱，还被晒伤了，正在脱水的边缘。两人在思泽帕斯基面包坊前停了下来，这家面包坊跟洗衣房、贝尼的酒水商店，还有加里的精品美食店共用一块停车场。要是在关门前来到面包坊，店里的女主人就会把当天要过期的面包、饼干免费送给孩子们。孩子们都叫她奶奶。奶奶的脸上布满了皱纹，就像一个旧切菜板。面包坊里挂满了波兰奶牛场的照片，照片都褪成了蓝灰色。

这天，奶奶给米基和萨莉倒了些水，给了他们几块芝麻饼干，还怪他们怎么把鞋子弄丢了。

两人终于到家了。他们在米基家的后院里喝了葡萄汽水，脚上也贴了创可贴，然后瘫倒在沙发上。电视剧还没看到五分钟，米基就睡着了。萨莉看着四周，米基家里很干净，也很安静，就跟一座坟墓似的。萨莉好奇地猜想，米基的父亲有没有带女朋友回过家。在回家的路上，米基说了一句很奇怪的话。开口前他沉默了好久，然后突然说："如果我没有从淤泥里起来，我父亲应该会更高兴。"

萨莉说："你说什么呢？为什么呀？"

"我觉得他不怎么喜欢我。"米基说。萨莉发现米基在说这话时不停地点头。

萨莉盯着米基，说："他必须爱你，这是作为一个妈妈或者爸爸的责任。"

萨莉也不明白自己是怎么知道这条规则的，不过事实如此。

米基说："那好吧。"他还是在不停地点头。

萨莉看着此刻米基熟睡的脸，这才想到过去的几年里，自己经常在校车上靠着米基睡着（因为她在校车里比在自己家里睡得甜），所以米基经常看见自己熟睡的脸。而这是自己第一次看到米基睡着的样子，他的表情很空洞，跟月亮似的。细小的汗珠装扮了他的鼻子，脸蛋的颜色和泡泡糖一样，还有额前总是翘着的一缕头发，让人忍不住用手指缠住慢慢打旋。萨莉觉得有些不可思议，这就是刚刚救了自己一命的那个人的脸。

第五章

那是一月的第三个星期,早些时候包裹布法罗城的黄灰色的雪壳一夜之间仿佛被打扫干净,披上了一层水晶粉末。空气洁净、安宁、奇妙,天空宛如一个苍白的大碗。今天是星期天,萨莉的葬礼下午三点钟开始,米基提前半个小时来到了圣玛丽教堂。

教堂里很暗,有一股汗津津的旧棒球帽的味道。米基脱下了外套,掸了掸头上的雪。大厅里有十几个人,年纪都挺大的,米基猜他们应该是萨莉母亲的朋友。在昏暗的灯光下,外加阴郁的气氛和层层叠叠的黑衣服,每个人看上去都那么严肃和苍白。牧师的脸看上去很松弛,高高的额头略显忧郁。他朝米基谨慎又不失礼貌地点了点头。因为没戴手套的原因,米基的手很冷,于是他把手插进口袋里,不小心碰到大腿,起了一层鸡皮疙瘩。

米基在想自己是不是应该和大家站到一起去,还是悄悄地穿过地下室走廊，避免和任何人说话，直到自己的朋友们出现。那黑漆漆的走廊、教室、看门人的壁橱和墙壁上低低的泉水口，都让米基很动心。他本就容易在各种社交活动中变得焦虑，更别说是在此情此景下。米基身体微微颤抖，感到心慌空虚。他身穿一套杰西潘尼的深灰色西装，戴着一条领结打得一般的蓝色领带。腋下冰凉僵硬，好像是流汗了。早晨照镜子时，那双暗淡的眼睛湿润恍惚，仿佛是走丢了，长错了脑袋。

米基穿过大厅，走向了一个小小的咖啡台。他拿起一个泡沫纸杯，倒了一杯不再冒热气的咖啡，又加了一袋糖，搅拌起来。他突然不禁打了个寒战，开始怀疑家里门锁了吗？临走时特意给猫咪星期五多留了些食物，但会不会还是不够呢？他发现自己的手指甲里不干净，他的朋友们会怎么看他？在过去的十年里，自己有没有变丑？有没有变得很奇怪？有没有变老？

米基一边抿那杯又凉又淡的咖啡，一边努力摆出一副轻松的样子环顾四周。他从口袋里拿出手机，看了看时间和短信通知。几个小时前，吉米打电话来说转机的航班延误了，他滞留在了丹佛。虽然他又订了一张晚一点的机票，不过葬礼肯定是赶不上了。他还说湖边屋子里的餐饮已经安排好了，让他们直接过去，别等自己了。

吉米和其他人都没给米基打电话或者发信息，于是米基又把手机塞回了口袋，往手心里吹了吹热气，毕竟想指望那杯咖啡取暖是不可能的。他很烦自己那双冰凉的手，人们可能会因此而记住一个人，特别是在那个人没什么别的特点的情况下——那个双手冰冷的男人。

米基朝大门看了过去，谢天谢地，林恩到了。他推了下眼镜，更仔细地看了看，没错，确实是林恩。

林恩穿着一件蓬松的绿色外套，后摆都快拖到地面上了。在一簇红色卷发的衬托下，她的脑袋显得又小又苍白。和她一起来的是一个高大英俊的光头男人，头上抹了乳液，亮闪闪的。当男人帮林恩脱下外套时，林恩的目光穿过大厅，看到米基，一眼就认了出来，兴奋地大叫道："是你！"

她开心地小跳着拍起手来，又突然停了下来，意识到自己开心的样子在这样阴郁的环境下是不合适的。米基朝林恩和那个男人走了过去。

林恩很瘦，脸上有点点疤痕，这些疤痕在米基的记忆中是不存在的。但她的笑是那么大方坦率，绿色的眼睛炯炯有神。这些天里，米基第一次感受到了温暖。

林恩说："我刚才有点失礼，不好意思。可是我才不在乎这是不是什么葬礼呢！米基，见到你，我真的太开心了。我们上次见面都是多久以前了呀。这是我的男朋友，艾萨。"那头红色的卷发真的卷得很厉害,仿佛每一束都认真卷过。林恩的鼻子上长满了雀斑。

艾萨的声音低沉饱满,说了声:"很高兴认识你。"

米基问:"你们是住在宾夕法尼亚对吧?开车过来得多久?"

林恩说:"我们住的那个小镇叫蒂姆索普。如果不是下雪,五个小时就到了。"说着看了看手表,抬头看着艾萨,问,"我们是早上五点半从家里出发的?"

艾萨说:"五点钟,一路上还停了几次。"

米基问:"艾萨,你以前来过这附近吗?"

艾萨点了点头,说:"来过两次。"

米基很庆幸自己之前"复习"过跟别人闲聊时可以提及的话题,比如旅途、天气、交通情况、洗手间的位置。不过,他不希望自己尽力保持的冷静端庄反而让林恩觉得自己很冷漠。

林恩解释道:"我们回来看过几次我的母亲,不过大多时候都是她来看我们。她对邻镇的那家博物馆可算是着了迷,你别以为我在开玩笑,她每次都要参加那场九十分钟的解说团活动。上次去的时候,还给我带了一张职位申请表回来。"

艾萨点着头附和道:"我也有份儿。"

米基笑了,对艾萨说:"林恩以前告诉过我,不过我给忘了,在搬到宾夕法尼亚前,你住在哪里来着?"

"纽约,再之前是亚的斯亚贝巴。"

"埃塞俄比亚?"

艾萨点了点头。

米基问:"那你觉得下雪的东北部怎么样?"

艾萨说:"我不喜欢,可是林恩爱得要命。"说着转身看向林恩,替她拍掉了头发上的雪花,把她搂在怀里,"她说如果没有冬天就会疯的。"

林恩说:"没错,这样我才能过自己喜欢的生活。"

米基问:"怎么说?"

林恩解释道:"早早地上床,一整天都把自己裹在毯子里,连续看十个小时《法律与秩序》,拿着大罐子喝汤。做一切我喜欢的事。要是在夏天,别人都会以为你疯了。"

艾萨说:"她冬眠起来就跟熊一样。"

米基笑了起来,问:"林恩,你还在弹钢琴吗?"

林恩点了点头,说:"即便成了这样……"她举起左手,米基发现她左手的无名指没有了,一直断到了指根,留下了一道很明显的疤痕。

米基说:"我怎么不记得了,你在邮件里提过吗?这是什么时候的事?"

"说来话长,"林恩说,"以后再告诉你吧。"她迟疑地把手放了下去，锁骨附近苍白的皮肤紧张地绷起。她把头发拨到耳朵后面，问："你预料到了吗？"

"预料到什么？"

林恩抬头示意圣台，说："萨莉。"

"没有，"米基说，"你呢？"

"我也没有，"林恩说，"不过我曾经感觉到，又或者说是听到。我想我当时就应该告诉你们。"

"嗯？"

"我一直伴着老爵士三重奏，练习即兴演奏。"林恩解释道，"就在她自杀的前几天，我每次一弹，那音乐就……不对劲，很难听、很压抑。直到听说了这个消息，我才明白是怎么回事。仿佛是我身体里某个连我自己也不知道的地方早就知道这件事要发生了。"

第六章

林恩四岁那年,开始跟表姐埃米学钢琴。埃米教林恩分清了左右,在林恩上学之前,还教会了她字母表的前七个字母。林恩最早的记忆之一就是和埃米并排坐在琴凳上时,她身上传来的香烟和香草薄荷香水的味道。林恩发现,只要张开手掌,用尽手臂的所有力气,一下子按下许多琴键,钢琴声就能掩盖住隔壁房间里父母互相谩骂的声音。

林恩每天都要练习好几个小时,在练熟了课上学会的曲目后,便开始自由发挥,弹唱自己编的歌曲。弹琴并不是父母的旨意,不过他们也从来没有打击过她,完全是林恩自己对钢琴的热爱激励她努力练琴。林恩七岁那年,父母离婚了。父亲搬去了匹兹堡,在当地一家体育电台工作。

林恩八岁那年,她的钢琴水平超过了埃米,所以她开始跟教堂的现代合唱团的钢琴师学琴。离婚后，林恩的母亲就养成了去教堂的习惯，每个星期三和星期天都会带着林恩去教堂。合唱时，母亲总是唱得很大声，时而高举双手，表示崇敬。在林恩看来，很多时候这都是多余或者不合时宜的举动。

林恩会把枪手们都请到家里来，为自己举办钢琴演奏会。母亲把红色的果汁倒进纸杯里，把从商店里买来的饼干摆在一个银色的托盘中。五个小伙伴坐在排成弧形的折叠椅上，林恩会穿上自己最漂亮的裙子，站在弧形的中央。小伙伴们安静地欣赏林恩的弹奏，一曲结束，大家就全都鼓起掌来。枪手们经常会坐上林恩的琴凳，笨拙地按下琴键，试图找准音调。林恩每每听到都会大笑起来，试着教他们弹些简单的曲子，比如《筷子歌》《心与灵》。那时，林恩觉得他们是世界上最好的朋友。她梦想着有一天能在一个巨大的舞台上演奏，比如卡内基音乐厅；等她得了奖，发表得奖宣言时，她会一一念出枪手们的名字，感谢他们的友谊和支持。

林恩十三岁那年，教堂里的音乐老师把她推荐给纽约州立大学布法罗学院的一个钢琴老师。她认为林恩的水平太高了，只有大学里的老师才有资格继续教她，于是林恩开始上布伦特的课。布伦特是一个来自得克萨斯州、高大聪颖的研究生。他戴着镶边眼镜，一头长发扎成了一条马尾，挂在身后。他的身上有一股夏天马儿的味道，吃奶糖的时候喜欢吸个不停。

林恩第一次见到布伦特的时候，感觉到自己那小小的身体里有一种疼痛、颤抖的渴望。

这并不是说林恩对同龄的孩子毫无兴趣，她很重视和枪手们的友情，可他们对她而言，就跟兄弟姐妹一般，完全没有异性间的吸引。除了枪手们，林恩对他们班其他的孩子毫不关心。她不需要他们，甚至都没有注意到他们的存在。

她对布伦特的感觉给了她一种全新的认知：林恩开始想性方面的事了。十三岁的她，逻辑还没有完全清晰，不过她很清楚这就是自己想要的。她随处能感受到那股欲望，尤其是两腿间的那种肿胀感。那颤抖是如此强烈，不断地冲击着裤裆。

就这样，不上钢琴课的日子变得难熬起来，除了布伦特，林恩再也无法思考其他事情。她的内心一直在欣喜和绝望中徘徊。每天晚上，她都会花很长时间精心考虑下一节课要穿的衣服。她开始剃腿毛，开始按摩那小小的胸部。她在《十七岁》那本杂志里了解到，按摩能加速胸部的发育。她还试图用发卡、直发板和发蜡控制那头"狂野"的红色卷发。

枪手们时不时地偷拿父母、父母请来的客人和哥哥姐姐们的烈酒。如果轮到那个一天到晚流汗的眼镜男在便利店当班，他们还能买到啤酒。每个月总有那么一两次，林恩会把她母亲的杜松子酒带去枪手之家。她还经常独自喝酒，虽然不肯承认。有时候，酒能减轻学校生活的乏味，又或是让她母亲每个晚上都看的那个基督教节目变得很好笑。有时候什么原因也没有，就想喝上一口。说实话，那时她才能拥有真实的感受，就跟开关打开了似的。

林恩开始在布伦特的课前喝酒，发现酒能让自己变得更聪明、更自信。虽说弹起琴来调子没那么准了，却多了几分别样的色彩。

快上满半年课的时候，布伦特告诉林恩和林恩的妈妈自己要去克利夫兰读博士了，五月就走，而当时已经是四月了。林恩听了，觉得整个人都被掏空了，问妈妈克利夫兰有多远。

下节课结束后，林恩等妈妈离开房间，并没有和往常一样开始练习曲目，而是搓热手掌，摸向了自己的大腿。只见她张开双腿，想把自己献给布伦特。她做了精心的打算，想象着一切都能按照计划进行，到最后，布伦特会用某种神奇的语调念着她的名字，眼前的林恩似乎成了一种幻景。他双眼放光，说："嗯，林恩，继续。"而现在那个计划只是一些文字，毫无目的地漫游在她的脑袋里。整个剧本结构松散，就跟汁水太多的果冻似的：太年轻了……然而爱情……我知道……我想要……克利夫兰……求你了。

林恩刚说了一个"我"字，布伦特就举起手拦在两人中间。他扶正眼镜，说："林恩，快停下，你以为你知道自己想要什么，其实并不知道。"

"什么？"林恩的声音传到自己的耳朵里，像是一个玩具发出的声音。两腿间的那股炙热突然变冷，消逝了。

"你只是以为你想要我。"布伦特开门见山，不过语气还算友好。他放低声音，又说："年轻的小姐，我能闻到你嘴里的酒味。"

年轻的小姐！林恩听了立刻用手捂住脸，大哭起来，羞得恨不得钻进地里。她在脑袋里大声骂自己，仿佛有两个林恩存在：一个是理性的，明白自己还是个孩子，布伦特当然也是这么看她的；另一个很愚蠢，以为布伦特会懂得自己对他的感情，会被自己吸引。林恩无法相信自己竟然让愚蠢战胜了理性，不能相信那个聪明的自己任由这样的事情发生。你怎么能这么蠢！林恩在心里大声呵斥两个不同的自己。

布伦特递来一张纸巾，说："很快你就会忘记这一切，我保证。还有，照顾好自己，好吗？你已经是一个特别棒的音乐家了，要是让别的事，特别是你自己，阻碍了你在音乐方面的发展，那就太可惜了。"

在林恩的妈妈回到房间前，布伦特安抚着林恩，使她渐渐平静下来，随后宣布计划有变，他会比计划的提早离开，今天是他们的最后一节课。

几个星期过去了，林恩开始跟另外一个研究生学钢琴，这次是个女生，是布伦特推荐的。

布伦特离开后，林恩很快就忘记了自己对他的感觉。布伦特是对的，她恢复得比想象中更快，不过却没有忘记身体被唤醒的感觉。她开始独自探索自己的身体，特别是在喝了几口杜松子酒后，因为酒精能加强她触摸双腿之间的私处后带来的电流感。面对自己的身体，林恩无法抗拒。

她开始好奇枪手中的男孩子，比如吉米、萨姆和米基。她好奇他们有没有阴毛，他们的嘴唇亲起来是什么样的？当他们想起她或者艾丽斯和萨莉时，阴茎是否会变硬？她甚至开始好奇萨莉和艾丽斯，想知道萨莉那纤细的身体要是没穿衣服是什么样的？那对小胸有没有形状？她好奇身边的人都在好奇着什么。

第七章

葬礼开始前，艾萨去了洗手间。当林恩抬起左手把红色的卷发整理到耳后时，敞开的袖子从手腕处滑落到手肘，米基看到她手臂内侧一个蜡白色的小疤痕。米基试图转移视线，压制内心深处的刺痛。不知为何，米基总能与人感同身受，现在也如此。

这些年，林恩从来没有在邮件里向大家倾诉太多的个人生活。米基想起她二十几岁时受伤的那件事，那个伤让她无法再去追求她的钢琴之梦。尽管她从未和大家断了联系，然而有几年的邮件的确时断时续，内容也都是那些她自以为深刻，实则肤浅的陈词滥调，比如"自由地跳舞吧，就当作没人在看你"，又比如"彩虹总在风雨后"。最近几年，林恩时常写起在戒酒会里的领头角色。不过很明显的是，她并不愿意和别人分享太多自己的问题，直到问题自己暴露出来。

庆幸的是，当米基的目光徘徊在那留有疤痕的手臂时，林恩的注意力正在别处。她越过米基的肩膀盯着人群，突然高兴地大声嚷嚷道："萨姆，是萨姆！"

米基跟林恩一起走向衣帽架，欢迎萨姆的到来。

萨姆很高大，头顶的金发日益稀疏。他身穿一件深棕色的涤纶西装，左边肩膀上的缝线崩开了。他的肚子像个水桶，看上去浮肿、友好、伤心和不安；鼻子上的黑头很明显。和老朋友拥抱的时候，他粉色的脸上露出了笑意。萨姆脸上的表情总是和木偶一样过分简单。

米基的眼里闪着泪水。十年过去了，这是第一次同时见到林恩和萨姆。他的内心充满了渴望、欢乐，还有一种神秘的绝望。几乎在同一时刻，他还想起一件事，让他产生过同样的绝望。他已经不记得自己上一次如此深受触动是什么时候了。

林恩问萨姆："你是自己开车过来的吗？"

萨姆点了点头，说："很遗憾贾斯廷来不了，她原本打算来的，不过出发前身体突然不舒服起来。"

米基问："那这一路你是一个人开过来的？你住在亚特兰大的南部，是吗？"

萨姆说："昨天开了十个小时，晚上在俄州亥俄过的夜，今天早上开了五个小时。"

"在俄亥俄州哪里过的夜呢?"

"一个汽车旅馆里,"萨姆说,"离辛辛那提不远。那地方跟一艘船似的,我是说汽车旅馆,从外面看就像一艘巨大的邮轮。旅馆里面的房间就像一个个船舱,墙上挂满了救生服。浴帘上满是,那个词是什么来着,对了,航海的图案,到处都是贝壳之类的东西,很整洁。欧陆早餐也很棒,还有新鲜的华夫饼,可以自己动手做。"萨姆拍了拍米基的肩膀,问,"拉克万纳的生活怎么样啊?"

"挺好的。"米基说。

"你父亲还住在英格拉姆大街上?"

米基点了点头,说:"什么都没变。"

萨姆问:"你经常去看他吗?"

"每周日,"米基说,"并不是我一周里最期待的一天。"

米基知道他的朋友们一直都害怕且不喜欢自己的父亲,虽然父亲从来没有对他们挥过拳头,但还是会对他们的到来表现出明显的愤怒,跟他们讲话时也粗声粗气。还有就是那股血腥味和父亲指甲里象征着暴力的血迹。

"这次打算待多久?"米基问萨姆。

"明天就得动身了,星期二还要上班。"萨姆的嘴唇没什么血色。

林恩说:"我们也明天走。"

萨姆说:"吉米真是太客气了,还请我们去度假屋里用餐,可惜他的航班延误了。"

米基说:"如果他能搭下一班飞机回来,大概会在晚上七点钟左右到布法罗机场,八点就能到度假屋了。"

林恩说:"你们知道萨莉的妈妈怎么样吗?"

米基摇了摇头,说:"今天我还没看见她,不过我也不确定还能不能认出她来。"

"她叫什么名字来着?"萨姆轻声问道,"是卡伦吗?"

"科琳娜。"

他们还是小孩子的时候,艾丽斯曾经拿萨莉的母亲开过玩笑,跟其他人说科琳娜让人联想到西柚汁的味道。她说得没错,不过吉米立刻跳了出来,说:"别这么说,萨莉很敏感的。"尽管萨莉当时并不在场。艾丽斯对此嗤之以鼻,不过再也没有提起这个笑话,至少米基没有再听她提起过。

林恩身体前倾,说话时细小的声音似乎在颤抖:"科琳娜在讣告里提到了抑郁症,是吗?"

米基喝完了咖啡,指甲在杯子边缘抠出了新月形,说:"好像是。"

萨姆说:"不知道。"

林恩问:"萨姆,你还好吧?"

萨姆说:"还行吧,不过……"

教堂里的管风琴开始弹奏乐曲,艾萨也回来了。

林恩问:"我们去找个位子坐下来吧?"

四个人依次坐在一条长椅上。

一坐下来,米基的整个身体就变得瘫软无力,就像一块被拧干的抹布。前一天晚上他没睡好,好几次醒来喉咙都很干,心跳加速,仿佛在梦里不停地喘气奔跑,不清楚是要去追还是要逃离什么东西。萨姆坐在他旁边,身上散发出浓烈的古龙香水味和汗味,也许是上次穿了这件西装还没来得及洗吧。

第八章

十二岁那年,萨姆给大家介绍了"晕倒"的游戏,是他那个奇怪的表哥马库斯把这个游戏教给他的。每年夏天,马库斯都要在萨姆家待好几个星期。因为他是个怪人,就连他的父母也无法忍受他的存在。至少每次马库斯到来前和离开后,萨姆的妈妈都是这么说的。

那天下午,马库斯回自己家了,晚上萨姆就把床垫带到了枪手之家,放在了最中心的位子,准备教大家晕倒。

"我们可以让自己晕过去,"萨姆解释道,"我已经跟表哥玩了一个星期了,很神奇,也很可怕。"

吉米问:"你是怎么做到的?"

"看,手和膝盖这样。"说着,萨姆便走向垫子中间,蹲了下去,身体蜷曲,保持平衡。"然后深呼吸一百次,"他开始演示,剧烈地呼气吸气,"接着把头低下去,像大便时那样绷紧脑袋。"过了一会儿,萨姆的脸迅速红了起来,"这样你就会晕过去了,会做一个疯狂的梦,超级生动真实,一分钟后就会醒来,有一瞬间你会完全不知道自己现在在哪儿。"

艾丽斯说:"听起来好蠢。"

那天晚上,艾丽斯本来心情就不好。白天,杰克把她的一整套《变种人》漫画书都尿湿了。纸变得软不拉唧,带着一股尿骚味,颜色也都混杂在一起。艾丽斯把漫画书铺在了枪手之家的地上,希望等它们干了还有挽救的余地。

萨姆说:"去你的,这真的很酷,艾丽斯,就因为是我提出来的,所以你才不喜欢。"

米基说:"听起来还挺恐怖的,这会不会对大脑有伤害?"

萨姆傲慢地看着米基,说:"对大脑有伤害?不会的,不会对大脑有伤害的。"

吉米说:"倒是可能会杀死一堆脑细胞。"

艾丽斯看着萨姆傻笑起来,说:"有道理。"

萨姆是他们当中最不喜欢上学的,老是挂科,一让他朗读,就口吃得像出了问题的割草机似的。萨姆说:"艾丽斯,去你的。"然后又偷瞄屋子里的其他人,想看看他们对挖苦自己的反应如何。

林恩说:"我来试一试。"虽说林恩平时是个很安静的女孩,不过她经常都是第一个站出来体验新事物的人。一年前,是她第一个把酒带到枪手之家的。趁母亲睡午觉的机会,她把水壶里灌满了母亲的杜松子酒,晚上成功把水壶带了出来。

萨姆又给林恩展示了一遍,说:"要努力记住你做的梦啊。"

枪手们看着林恩蹲在垫子上,开始猛烈地呼吸。那天她穿着牛仔裤和扎染背心。红色的卷发挂在额头上,下面长了一排青春痘。她那呼吸困难的声音让米基很难受,于是米基开始想别的事,好转移注意力。只见林恩坐直了,闭着眼睛,脸和脖子绷得很紧,几秒钟后,一切都变得柔软起来。她倒在了垫子上,脸色有些苍白,表情却很祥和。

枪手们安静地看着眼前的一切。

过了一会儿,萨莉问:"要不要把她叫醒?"

萨姆说:"她一会儿会醒的。"

米基有些害怕,问:"她还有呼吸吗?"

"有啊。"萨姆说,尽管他看上去也不确定。

很快林恩就睁开了眼睛。她起身看着四周,眨了眨眼,笑着说:"嗯。"

萨姆说:"我就说吧,我就说这很酷吧!"

艾丽斯问:"感觉怎么样?"

米基问:"是不是跟死了一样?"

"不是的,"林恩停了一会儿,接着说,"在梦里我感觉自己是活着的,而现在就跟死了一样。"

萨姆说:"你们大家都看到了吧,我早就说过了。"

萨莉问:"你都梦见什么了?"

林恩说:"我梦见自己坐在一个大舞台上演奏。还有那个男的,就是我们每次买薯片,薯片卡在售货机里,来修售货机的那个人。你们知道我说的是谁吧?他总是一身肯德基的味道。总之,他负责帮我翻乐谱,就坐在我旁边。在梦里,我想:他身上怎么没有肯德基的味道了?还有,我穿着一身黑色丝绒连衣裙。"林恩在回忆那场梦的时候,脸上洋溢着热情和明亮,"真的……那场梦好真实。"她突然转向萨姆,说,"你说得没错,这是我做过的最真实的梦了。"

萨姆说:"谁还想来试一试?"

空气中透出一种尴尬的安静。艾丽斯站起来去检查她的漫画书,不一会儿又回来了。

米基说:"大家觉得这好玩吗?有意思吗?"

艾丽斯说:"你怎么老提这样的问题?"

有时候,米基觉得自己在透过望远镜看着自己的朋友们,即使他们就在眼前。

萨姆说："艾丽斯，你总觉得我的主意愚蠢，为什么不自己试试呢？当然了，除非你害怕。"

"好吧，你个笨蛋，我试试就试试，只要能堵住你的嘴就好。"

艾丽斯走到垫子上。她穿着一条连体裤，里面是一件背心，帽子反扣在脑袋上。米基希望自己也能像艾丽斯那么穿。他穿着一条牛仔短裤和一件前面印着加菲猫、后面印着一大盘意大利千层面的T恤。

艾丽斯不停地猛烈喘气，然后慢慢起身，收紧肌肉，接着就跟林恩一样倒了下去。

屋子里一片安静，三十秒钟过去了，一分钟过去了。

最后，林恩问："我也晕过去这么长时间吗？"

萨莉摇了摇头，说："应该没有。"

米基问："她还好吧？"

萨姆说："你们怎么一天到晚担心个没完？"

一片沉寂后，吉米说："这可比林恩晕过去的时间长啊。"

林恩问："她还有呼吸吗？"

萨姆说："她没事。"

米基看着艾丽斯毫无表情的脸，问："你确定吗？"

吉米也问："是啊，你确定吗？"

萨姆凑近艾丽斯，看了看她的脸，然后嘲讽地问大家："你们是要我检查她还有没有呼吸？"

米基很害怕，他确实想知道艾丽斯还有没有呼吸。

萨姆说："好吧，好吧。"于是他把脸凑到艾丽斯的脸旁边，把一只耳朵贴到她的嘴上。

这时，艾丽斯突然冲着萨姆的耳朵发出了一声毛骨悚然的尖叫，萨姆被吓得向后一倒，像个鸡蛋似的滚到了地板上，大声喘着气。艾丽斯坐了起来，笑坏了。

枪手们也都大笑起来，同时松了口气，可被艾丽斯的"诡计"吓坏了。

林恩问："是真的有效，对吧？你确实是晕过去了，还是假装的？"

艾丽斯说："我确实是晕过去了，只不过在刚刚清醒的时候，决定假装不醒，好吓吓你们。"

萨莉问："你晕过去的时候梦到了什么，还记得吗？"

艾丽斯说："我确实做梦了，等等，让我想想。"

她闭上眼睛，脸色一暗，轻声说："哦，哦。"

林恩问："记起来了？"

艾丽斯点了点头。

"你梦到什么了？"米基问。

艾丽斯没有立刻回答,仍然闭着眼睛。

"你到底梦到什么了呀?"萨莉问。

艾丽斯睁开眼睛,说:"我梦到我们之间发生了非常不好的事情。"

萨莉盯着她,问:"你和我之间?"

"我们所有人之间,我梦到我们不再是朋友了。"

屋里一片安静,仿佛所有人都在思考艾丽斯的这句话。

吉米打破了沉寂,说:"艾丽斯,那只是一场梦。"

艾丽斯说:"可是感觉很真实。"

第九章

圣台上有一股霉味、古龙水味和燃烧过的火柴的味道。一位上了年纪的女人优雅地弹奏着管风琴,米基盯着手里的葬礼安排单,发现里面连一张萨莉的照片也没有。就是讣告里的那些话,还有几行经文,以及葬礼流程。圣台前摆满了鲜花,有巨大的百合、一束束桃红玫瑰、粉色的绣球花,以及雪白的玫瑰和小朵的康乃馨围成的花环,还有石榴花、菊花、浅黄色的小苍兰和六出花。

突然,米基感觉自己的肩膀被捏了一下,就在脖子根部神经敏感的地方,于是扭动了一下。他转身看见艾丽斯在他身后坐了下来。为了适应右眼新的盲点,他不得不完全扭转脖子才看得清楚。艾丽斯模仿起米基转脖子的模样,却多了几分派头。艾丽斯总能察觉到别人不愿公开于世的那些东西。米基想:艾丽斯能把这种儿时的特性带入成人的世界，真好。

艾丽斯起身去亲米基的头发，顺手揉了一把，接着便张开双臂，给了米基一个暖心的拥抱。她的双眸又黑又亮，那宽宽的、高高的脸颊泛着红晕，一头黑色的卷发扎成了一条松散的马尾辫。米基估计她有一米八，这么说高中毕业后艾丽斯又长高了一些。她穿着一件黑色的高领毛衣，宽宽的肩膀上披着一件深蓝色的羊毛开衫。米基很注意自己衣服上的猫毛。他买了好几个棉绒滚筒，其中一个放在车里。这也让他注意到艾丽斯深色衣服上的小小的白色动物毛发。就在她刚才拥抱米基的时候，几根毛跑到了米基的肩膀上。

跟艾丽斯一起来的是一个长相惊艳的年轻女子，一头白金色的头发，鲜红的嘴唇。艾丽斯跟大家挥了挥手，然后又亲切地掐了一下米基的脖子，说："你好呀，老朋友。"

他拍了拍艾丽斯的手，说："你好，老朋友。"试图不把脖子从艾丽斯的手里缩回来。

过了一会儿，米基听见艾丽斯拆开口香糖或糖果的声音。接着她把一个小小的铝箔包装递了过来，小声说："要口香糖吗？一到教堂我的嘴巴就变得特别臭，就像我的肠子里有什么东西一发现我来到教堂就坏死了一样。"

米基接过口香糖，正打算从里面拿出一片，忽然发现是尼古丁口香糖。

他转过身把口香糖还给艾丽斯时,看见萨莉的妈妈出现在正中间的走道上。只见她弓着背,身形娇小,头上缠着一条黑色的围巾,从头顶到下巴全都被包裹起来。她的脸颊发灰,无神的眼周出现了羽毛般的皱纹;薄薄的嘴唇紧绷着,形成了一个完美的连字符。走路时,她的姿势显得扭曲而不平衡,仿佛一只受伤的小鸟。她的身边跟随着几个打扮类似上了年纪的人,米基猜是她的兄弟姐妹或者是堂兄妹。

科琳娜走过去的时候,米基的目光落到了艾丽斯的身上。她的脸上写满了悲伤,深色的眼睛里却没有眼泪。这时米基突然想起来,做了这么多年的朋友,他还从来没见过艾丽斯·克兰斯哭过。

雪在葬礼进行的过程中越下越大,人行道上积满了雪。一个戴着绿色毛线帽、穿着连体衣、脸蛋粉红的孩子正在清理从教堂到停车场路上的积雪。

吉米把去湖边度假屋的路线发给了大家,还交代大家,一般从教堂开到度假屋需要十五分钟,不过要是天气预报准确的话,可能要开半个小时。他还提醒道,从马路开进度假屋停车场的下坡比较陡,嘱咐大家小心。

萨姆和林恩觉得既然都回来了，打算去父母家一趟，不过会赶上六点钟的晚餐。

艾丽斯和米基则直接去度假屋。

和艾丽斯一起来的那个女孩在葬礼结束后就直接冲进了洗手间。艾丽斯和米基一起走向了他的车。脚下用来化雪的盐粒吱吱嘎嘎，冷空气里有一股金属的味道。

两人走到米基的车旁边，艾丽斯抓住米基的肩膀，盯着他的脸看了一会儿，说："臭小子，你怎么一点都没老？我以前都没怎么注意，其实你特别像那个演员，年轻的那个弟弟，你知道我说的是谁吗？年长的哥哥更帅，也更有名，我没有别的意思。不过，你知道我在说谁吗？"艾丽斯不耐烦地跺着脚，张开嘴巴看着米基，仿佛一个红色的温暖的洞穴，"话说，他们俩都乱搞女人。哥哥睡了保姆，弟弟也有同样的问题，好像是出轨了还是别的什么事。"

米基扬了扬眉毛。

"不管怎么样，"艾丽斯说，"你就是特别像那个弟弟，除了那头金发和脸上的雀斑，你们俩简直一模一样。"艾丽斯舔了舔大拇指，理了理米基翘起的头发，说："看看我！我现在又老又肥，就是个野人。你知道我是怎么变胖的吗？"

"你不胖。"

"就因为你那张脸。没错!就那个眼神,已经抵过了千言万语。"

米基笑了。艾丽斯想去拿他的眼镜,他自己替她取了下来。

"你什么时候开始戴眼镜的?"艾丽斯一边问,一边把眼镜戴在了自己的脸上,眯起双眼,做了个鬼脸。她睁开一只眼睛,然后又睁开了另一只,指着右边的镜片,说:"这块镜片就跟哈勃太空望远镜没什么区别嘛。你怎么会左眼一点没事,右眼就跟蝙蝠一样瞎呢?"

"恰好相反,我的左眼瞎了。"米基说,"这就是左边没度数的原因,右眼瞎了一部分。"

艾丽斯取下眼镜,看着米基,说:"这就是你刚才跟蛇一样扭脖子的原因?"说完又模仿起米基刚刚扭脖子的模样,问,"这是什么时候的事?"

"一直就这样。"

艾丽斯盯着米基的左眼,问:"我以前怎么都不知道呢?"

"我猜是嘲笑的人太多,时间太少了吧。"

艾丽斯笑了,说:"神经病,不许学我的口头禅。"

艾丽斯把眼镜还给米基,指着米基的车问:"一只眼先生,你能安全驾驶吗?那辆小思域能行吗?连个轮胎链都没有。要不坐我的车去吉米那里吧?"

"从我会开车以来,就一直在这种天气里开着这种车,而且还只靠一只眼睛。"

艾丽斯说:"你能帮我个忙吗?"她抓着米基的手,把他的食指放到她的颌骨后部的深处,跟脖子连接的地方。

"那里有根毛发,"艾丽斯说,"又粗又黑,就长在那里。看见了没?摸到了没有?"

米基靠近了一点,说:"这么短,我肯定没办法用指甲把它拔下来,有没有镊子?"

"该死的!"艾丽斯说,"克里斯廷不愿意帮我拔掉它,让我假装它不存在,我想她觉得这是爱人之间才做的事。我就要疯了,想说:'亲爱的,我知道它就长在那里,快把它拔掉!'结果我只好等到它长长后自己动手。你知道吗?那东西就像野草似的,一个星期就能长几英寸。我几乎就快忘了它的存在,结果它长到了一个令人发疯的长度,啊!"

艾丽斯安静了一会儿,突然发出了一声短促的声音,类似咳嗽中带着抽泣。

米基说:"你还好吧?"接着又说,"如果我努力尝试一下,应该可以拔掉那根毛。"

艾丽斯大笑起来,说:"那我要好好谢谢你啦。"她猛烈地摇了摇头,又哭泣似的咳了一声,说,"真不敢相信萨莉已经走了。我不明白为什么还是觉得那么……那天吉米给我打电话的时候感觉好奇怪，真的很奇怪，非常……总之，我一直在想她……"艾丽斯的声音戛然而止。

米基说："我也是。"

两人突然沉默起来。

"我不知道该说些什么，"米基说，"我应该说些什么呢？"

艾丽斯吸了口气，说："行了行了。"她把马尾辫甩到了肩膀后面。米基很佩服艾丽斯总能迅速地出入强烈的情绪，丝毫不拖泥带水。

一阵寒冷的风拍在米基的脸上，他说："又在一起了，真好。"

艾丽斯盯着眼前白色的雪景，看了一会儿，只见街上那家中国人开的洗衣房的屋顶上缓缓飘出雾气，雪花在空中飞舞。教堂的屋顶上全是碎片，都是风暴惹的祸。穿着厚厚的高跟鞋和羊毛大衣的女人们紧紧抓住黑色的铁栏杆，沿着教堂入口的台阶往下走。人们互相推搡着离开教堂，仿佛想用最快的速度逃离出去。乍看上去，离开教堂的人比参加葬礼的人多了一倍。米基突然发现，除了自己的朋友，葬礼上没有一个人在五十岁以下。

米基说："我们又聚在一起了，真好。"

"你刚刚已经说过一遍了，"艾丽斯说，"我听到了。"

"是吗?"

艾丽斯点了点头。

米基知道自己有这个习惯,通常是无意的:他会重复自己深信的事情。这让他感觉很安全,能给他带来一种小小的愉悦。

艾丽斯圆圆的脸被冻得通红,在浓密的黑色眉毛下,没有任何妆容包围着她那双大大的黑眼睛。黑色的眉毛呈现出尖锐的拱形,看起来一副激动不已的样子。

米基说:"你多高来着?"

"一米八,你也想知道我多重吗?"艾丽斯摸了摸下巴上的一个小疙瘩说,"我不记得有没有把蠕虫放在冰箱里了。"

"你说什么?"

"我抓虫子。"

"抓虫子?从地里面?"

"不是,是从我屁股里面。"

米基大笑起来,说:"好吧,我以前有听说过吗?"

"应该没有,我没在邮件里提过。我会自己抓虫子是因为供应商总是忽悠我。"艾丽斯解释道。

"啊,你是说你的码头。"

艾丽斯点了点头,用手指扫过米基汽车的顶篷,然后把集满雪的手指塞进了嘴里。

"怎么抓呢？"

"凌晨两点到凌晨四点，"艾丽斯说，"在林地里，那是最好的地方。但一年里的现在，在雪地里兜圈子，就是另一回事了。我不经常去捉虫子，这将是一场严酷的折磨。不过等到霜冻都化了，早春时节是最好的时间。"

"能抓到多少？"

"一个早上吗？十磅到十五磅的样子。"

"都是蠕虫吗，还是带泥土的重量？"

"一半一半吧，它们需要土壤，不然会缠在一起自相残杀。它们真的会打起来的，那些肌肉缠绕在一起，直到把对方掐死。"艾丽斯把手指缠绕在一起演示起来。

"我明白了，"米基说着，轻轻地解开艾丽斯的手指，问，"你觉得你把它们留在了无人看管的地方？"

"我就是不记得了。"艾丽斯说，"我想我应该在热水器旁边留下了一些。我还是打个电话给凯文，让他检查一下。"

"凯文是你的员工？"

艾丽斯点了点头，说："他是我唯一的员工。只要我不在，他就负责看管一切。不过他有点不知天高地厚，总喜欢指出我的错误。这就是我不想跟他争执的原因，这样他就不能体验到帮我解决问题的快感了。你知道我在说什么吗？现在我就只想去买一大块奶酪，真是饿死我了。我最近查出自己有乳糖不耐症。我告诉过你吗？这实在太糟糕了，我宁可得糖尿病。至少他们能吃奶酪，对吧？他们能吃奶酪吗？"

米基说："听你说话就像……你有没有骑过顽抗的野马？我没有，不过我可以想象……"

"野马？没有。不过我在酒吧里骑过假公牛。"艾丽斯说，"那牛不是给我这种身材设计的。"说完又从米基的车顶篷上刮了些雪，塞进了嘴里。

艾丽斯的朋友从教堂里走了出来，艾丽斯朝她招了招手。年轻的女人理了理头发，朝紧握的双手里哈着气，小跑而来，尽管黑色皮靴的高跟大大减慢了她的速度。

艾丽斯对米基说："是克里斯，没错。"然后咧嘴一笑，接着说，"你可能不相信，她在跟我约会。"

克里斯穿着一件合身的黑色皮衣，戴着黑色的皮手套和一条看起来很贵的绿色围巾。她把手伸向米基。她鲜艳的唇膏褪色了，颜色不均匀地分布在嘴唇上。头发宛如白色的丝绸，眼睛是淡淡的金褐色，牙齿很白很整齐。她看起来很有钱，美到了让人嫉妒的程度。人们自私地想在她脸上看到一颗凸起的痣，或是牙齿的间隙。

米基跟她握了握手。

克里斯说:"你应该就是……"她的声音出乎意料地尖锐,米基不得不隐藏自己痛苦的表情。

艾丽斯突然插进来,说:"克里斯,你就说出来吧,这当然就是米基啦!我都跟你提过一万次了!他一直是我最好的朋友,当然了,我也是他最好的朋友。"

米基笑了。

艾丽斯说:"好了,我们去看一下老芬尼,然后该上路了。"

"芬尼?"

"芬尼是我的哈士奇。"艾丽斯解释道。

"对了,"米基想起了那些邮件,"它在你的车里?"

艾丽斯点了点头,说:"它来自北极,喜欢寒冷,最喜欢这样的天气了。不过还是替它从后车厢里拿条羊毛毯子吧。它年纪大了,我去哪儿都带着它。哦,对了,我跟吉米说过要把我的老狗一起带来的。怎么,你觉得我像是他妈的农场里长大的不知礼数的人吗?瞧你看我那样儿……"

米基说:"艾丽斯,我没那么看你。"

"我惹你生气了吗?"艾丽斯问。

"没错。"

艾丽斯抬起头哈哈大笑起来,面前立刻出现了一团热气,她伸出手挥散了热气。"我好想抽烟。"艾丽斯说,一股热气从她的嘴唇间慢慢地飘了出来。

克里斯严肃地看着她,用责备的语气说:"亲爱的。"

米基的耳洞突然张大,又是那个声音!艾丽斯和克里斯已经在一起好一阵了,所以艾丽斯应该已经习惯这个声音了。这是米基的结论,尽管他还无法想象,艾丽斯会为任何事情委曲求全。

艾丽斯转向米基,说:"克里斯说抽烟会让人平均少活七年。"她一脸厌恶的样子,往脚下的雪地里吐了些东西,"我这么说也是因为担心平均寿命这样的事。"

"那一会儿见了,"米基说,"可别迷路了,吉米说了,车道陡峭,很难找到的。在穿过火车铁轨后就要注意了。"

艾丽斯说:"行了行了。"

在米基上车前,他又回头看了看教堂,发现科琳娜站在门口,她正在指挥一名年轻男子,把用棕色纸包装的鲜花送到她灰青色的雪佛兰里。在科琳娜的车上方,一只白头翁停在电线杆上,朝天空大声疾呼,似在痛斥着什么:"嘎嘎嘎!哇哇哇!嘎嘎!哇哇哇!"

第十章

每天早晨米基的父亲七点准时去上班，大概再过二十分钟，接米基上学的大巴就要来了。在出门前，父亲总会叫醒米基，把一个碗和一盒玉米片放在桌上。吃完早餐米基要把碗刷干净，把门锁好。要是没赶上大巴——还真有这么几次——米基就要回家给上班的父亲打电话，父亲就会回来，把米基送到学校去。每当这时，米基就自觉地闭上嘴巴，不找任何借口，也不提道歉。

十一岁那年的一天早上，米基因为拉肚子，所以没赶上大巴。他眼睁睁地看着大巴开到英格拉姆大街街角的转弯处。早晨的阳光好刺眼，他的屁股因为刚刚拉肚子还火辣辣的。

当他刚要转身回家，去给爸爸的单位打那个可怕的电话时，人行道上传来一个女人的声音："嘿，那个，巴尼·鲁布尔。"

米基转过身，看见一个苗条的银发女人，是萨莉的妈妈。

虽然这么多年来他和萨莉成了彼此最好的朋友,但他和萨莉妈妈说话的次数一只手就数得过来。在所有的枪手中,他们从来不去萨莉家玩。尽管如此,米基还是很惊讶萨莉的妈妈不知道自己叫什么。

"巴尼·鲁布尔!"她又叫了一声,一只手在空中挥动起来,动作松松垮垮,没什么威胁。只见她穿着一件透明的浅蓝色的衣服,连帽衫敞开着,脚上踩着紫色的人字拖,银色的头发被精美地盘了起来。

米基也挥起手来,萨莉的妈妈来到了门廊前。

"我叫米基,"米基说,"不是巴尼。"

"我知道,"萨莉的妈妈说,"快表扬我的幽默!难道你从来没看过《摩登原始人》吗?"

米基摇了摇头。

"好吧,这也太让我伤心了。"她说,虽然看上去一点也没有伤心的样子,"巴尼·鲁布尔跟你很像,也长着一头金发,"她一边解释,一边用细长的手指抚弄头发,"他也穿这种颜色的T恤。"

米基的那件棕色T恤是在超市里买的,一包十件。

"你没赶上大巴?"眼前的这个女人长得跟萨莉一样精致美丽,不过皮肤看上去不太健康的样子,牙齿是灰色的;睫毛膏凝结成块,眼睛里的虹膜和眼白都快成黄色的了,眼角布满了细细的血丝。

米基点了点头。

"我叫科琳娜,是萨莉的妈妈,"她说,"我知道你认识我。"

"我确实认识你。"米基又点了点头,说,"我之前见过你的。"

"我知道,"科琳娜说,"要不要我送你去学校?我正好顺路去做个日光浴。"

米基有些迟疑,父亲告诉过他无数次,让他千万不要上陌生人的车。不过他跟萨莉做朋友都这么久了,这个女人应该不是什么坏人。科琳娜伸手揽过米基的肩膀,说:"快点,我去换条裤子,你可以到屋里等我,我们马上就出发,说不定还能赶上大巴呢。大巴得停靠好多站。"

当科琳娜进到其他房间时,米基在厨房里坐了下来,打量四周。只见碗碟高高地堆在水池里和台面上,到处都是食物的残留和汁水。蚂蚁和蟑螂捕捉器一览无余,卷成一团的内衣随处乱放。屋子里充满了垃圾和香水混杂的味道。隔壁房间的电视里欢快地播放着猫食广告。桌上放着一个狗熊形状的塑料蜂蜜瓶,一只迷你的黄色灯泡在瓶子的顶部闪闪发光。

科琳娜从她的卧室里回来了,穿着牛仔裤和白色的背心,人字拖和发型都没变。她手里拿着一张照片,在递给米基前,怜爱地看了一会儿,说:"你看。"

米基接过照片,突然听见了什么动静,还有一个男人在屋子里咳嗽的声音。

科琳娜说:"是比利,他是个大麻烦。"说完便抬起下巴粗鲁地笑了起来,"不过并不危险。"

科琳娜指向米基手里的那张照片。

照片上是一个年轻的银发女孩,坐在轮胎秋千里玩耍。她噘着嘴看着相机,跟个模特似的。这个女孩跟萨莉很像,一开始米基以为就是萨莉,不过从照片模糊发软的边缘来看,应该是张老照片,所以说照片上的女孩不是萨莉,而是她的妈妈。

"是你吗?"米基问。

科琳娜点了点头,问:"我们是不是很像?我是说我和萨莉。"

米基点了点头,说:"很像。"

科琳娜说:"我们就跟双胞胎似的,你觉得呢?毕竟我们那么像。"

米基又点了点头。

"大家都这么说。"科琳娜说。

这时，一只脑袋出现在厨房的角落，比利的大白脸跟土豆似的，迟钝平庸，丝毫不令人好奇。他说："你的空调坏了。"

科琳娜说："那就去修啊。"

比利慢吞吞地离开了，米基听见脚步声走向了洗手间，接着传来尿尿声。

科琳娜转向米基，拿走了他手上的照片，在灯光下凝望着，表情变得复杂起来。然后她又看着米基，问："你还想看别的照片吗？"

米基看了一眼墙上的钟，他们真得出发了，不然他就要迟到了。要是迟到的话，学校会给父亲打电话，那他就真的有麻烦了，会比他直接给父亲打电话更麻烦。科琳娜也看到了墙上的钟，说："看来我要送你去学校了，对吧？嗯，没事的。"

科琳娜带米基来到街上，她的美式汽车停在那里。她打开收音机，开出英格拉姆大街，驶向了里德集大街。

米基好奇比利在萨莉家干什么，他会不会把那些碗碟洗干净，又或者把垃圾倒掉。他很想知道是不是那个比利把屋子弄得乱七八糟的。

科琳娜跟着沙滩男孩乐队一起唱起来，她不仅会唱和声，尾音拖长时也唱得抑扬顿挫。她看了一眼米基，说："萨莉的声音也很棒，不过我猜她从来都没给你唱过歌。"

米基说："有时候唱，不过声音很轻。"

科琳娜沉默了一会儿，说："她是你最喜欢的朋友，对吗？"

米基看了一眼科琳娜，问："她是什么？"

"你最喜欢的朋友。她是最美的，你爱她，你最喜欢她了。"

"哦。"米基想他可能是爱上了萨莉，不过并不像科琳娜说的那样。并不是因为萨莉的外貌，也不是因为她跟她的妈妈长得跟双胞胎似的。如果他爱上了萨莉，那是因为萨莉是他的第一个朋友。

科琳娜打开车窗，从中控台上拿了一盒香烟，抽出一根，双手从方向盘上短暂地移开去点烟。

到学校了，米基看见大巴刚好靠站。太好了，没有迟到！这样，父亲就不会接到学校的电话，他也不必忍受那无声的旅途和父亲沸腾的沉默。他谢谢科琳娜送他到学校。她说得没错：没事的。

科琳娜又愉悦地点起一根香烟，米基下车了，科琳娜跟他挥了挥手，说："别忘了告诉你父亲我是一个多么优秀的司机！走啦！"

后来，米基把今天发生的每一个细节都告诉了萨莉：萨莉的妈妈提出要送他去学校，他坐在萨莉家等她的妈妈，她的妈妈给他看童年时的照片。

萨莉听了这一切,一副要哭的样子,于是米基又立刻说:"你妈妈人很好。"

萨莉眨了眨眼睛,盯着米基看了一会儿,说:"我想她是个好人,可以了,米基。"

米基觉察到萨莉不想就这个话题继续谈下去,也就没再去问有关比利的事。他到底是谁?为什么萨莉的妈妈说他是个大麻烦,又说他不危险呢?

那个周末,米基正在屋外帮父亲洗车,只见科琳娜拿着一个7-11便利店的袋子走了过来。走过他们家的时候,科琳娜冲米基和他的父亲招了招手。米基突然想起他们家并不在科琳娜家和7-11便利店之间。科琳娜是故意走过自己家,来到米基家的。

科琳娜大声嚷嚷起来,说:"嘿,约翰,你的儿子跟你说我是个优秀的司机了吗?"她的语气接近嘲讽,字字带刺。

米基的脸瞬间因充血而变得通红,他还没把科琳娜送他去学校的事情告诉父亲。

科琳娜站在原地咧嘴笑起来,塑料袋挂在手肘上,在腰间晃来晃去。她穿着一件男士工作服、一条粉红的睡裤,还有一双球鞋。

米基的父亲什么也没说，只是看着米基，而那张通红的脸已经说明了一切。他转身看着科琳娜，微微低下了下巴，表示感谢。

等科琳娜走了，父亲对米基说："把事情的经过都告诉我。"他的声音低沉危险，仿佛空转的电机。

米基把一切都告诉了父亲，在故事的结尾还强调科琳娜在限速区没有超速驾驶。

父亲拧干了手上的海绵，肥皂水溅了一地。

父亲绷起嘴唇，用力并严厉地说："以后不许再去那个房子里。"

米基被父亲的语气伤到了。他很想告诉父亲萨莉从来没有邀请他去她家，所以他也没有再去的理由。他想说一切都好，他准时到了学校，父亲也不需要离开单位，回来送他。这难道不是件好事吗？难道他们就不能看看事情好的方面吗？他想说艾丽斯的哥哥好几次送他去学校，就跟艾丽斯说的一样，他的车里有股大麻的臭味，是毒品的味道。在时速只能开三十五英里的地方他开了五十英里。

米基使劲地眨眼睛，不让眼泪从脸颊上流下来。他讨厌自己这么容易被不理解的事情伤害到，真是个没用的东西。当米基拿着麂皮去擦汽车的车窗时，感觉到身体里有一股怨恨慢慢地升起，宛如又黑又脏的柏油。"萨莉的母亲比你好，"他在脑海里轻蔑地对父亲说，"我更喜欢她。"这些句子在米基的脑袋里翻腾了一遍又一遍，这不再只是和父亲有关，而是针对父亲的恶言恶语。像掷飞镖一样，米基把这些词句射向父亲。虽然他不敢把这些情绪全都大声地喊出来，但还是希望它们能射中父亲，把他伤得生疼。

第十一章

　　米基很少对朋友们发火，但其他成员间发生矛盾并不稀奇，而枪手之中最容易起冲突的就是萨姆和艾丽斯。有时，他们只是大声嚷嚷，或是直呼彼此的名字，有时则是毫无伤害意图的一巴掌或一推搡，当然也有被气哭的时候。然而有些时候，还真得拼拼胆子。艾丽斯曾经一个人在枪手之家过夜，正是出于萨姆的挑衅。

　　一天晚上，大家都在枪手之家里，一边打牌，一边一圈又一圈地传递一瓶伏特加。那年艾丽斯十四岁，正值夏天，早上没有课，他们的父母也希望他们出去玩，很少注意到他们的具体行动，除非到了晚上九十点还没回家。

　　这天，面包坊的奶奶给了孩子们半个芝士蛋糕、两个蛋糕卷，还有一小把装在纸杯里的糖果。他们快把糖果吃光了，黏糊糊的手指抓起纸牌，纸牌也变得黏糊糊的。窗户开着，一阵微风吹进来，并没有凉意。浓浓的黄昏透进了屋里，屋子被笼罩在一片柔软、深蓝色的光下。艾丽斯喝多了。

大家开始谈论起鬼怪来，林恩刚看过电影《闪灵》。大家一边继续玩牌，一边谈论这部电影和其他一些超自然的经历。

艾丽斯说她不相信鬼怪，觉得那些恐怖片都很无聊。

轮到萨姆出牌了，他的汗水加深了那头金发的颜色。他把一张"J"扔向地板中间，说："你们都知道这屋子里有鬼，对吧？"

艾丽斯拿过伏特加，喝了一小口。

"我见过那个鬼，"萨姆说，"还不止一次，吉米也看见过。"

"噗！"伏特加从艾丽斯的嘴巴里喷了出来，只听她大笑起来，其他人也跟着笑起来。吉米没有否认也没有承认他见过鬼的事实。

萨莉问："他长什么样啊？"

"很难说，"萨姆说，"他总是躲在阴影里。"

这时，大家停下了手中的游戏，盯着萨姆，这让艾丽斯很恼火。她不喜欢除她之外的任何人成为这个屋子的焦点。

"有趣，有趣，真有趣呀。"艾丽斯赢下了这一局，开始重新理牌。

萨莉用黑桃六开了局，抓起最后一颗糖，问："你是在哪儿看见的呢？"

"楼上，"萨姆说，"在那之前还透过窗户看见过，吉米也是在那儿看见的。"

萨姆这下真把艾丽斯惹火了，她嚷嚷道："你这个浑蛋。"只见她将大拇指的指甲啃成了一个半月形，味道有点咸，还有一种苦味。

米基转身看着萨姆，问："你见过几次？"

"得了吧，"艾丽斯说，"他就是在骗你们。萨姆，快别耍他们了。"

米基说："我就是很好奇罢了。"然后咬着下嘴唇，轻轻地说，"我觉得我可能也见过。"语气听起来像是在道歉。

艾丽斯转过头，翻了个白眼。因为她平时最袒护米基，所以米基的违抗也最让她生气。

萨莉接过伏特加酒瓶，递向了左边。

吉米抓着瓶颈，说："真的，那个鬼确实存在，不过我觉得他很怕我们。"说完便喝了一口伏特加。

萨莉说："你们说鬼会不会觉得他们是人，而我们才是那些死去的鬼呢？这会不会是他们怕我们的原因呢？"

林恩说："我想知道是不是那个鬼用了我的梳子。一天晚上我把梳子落在了这里，第二天梳子却出现在另一个地方。"

艾丽斯用手模仿一个正在说话的嘴巴："吧啦吧啦吧啦！"她的声音听起来比她以为的更气愤、更冲动，"这么说你们都见过那个鬼是吧？还和他喝过啤酒，看过他大便？"

萨莉咯咯地笑起来，让艾丽斯好受了些。

萨姆对米基说："三次，我见过三次，而且我还知道他在哪里。"

"他现在在这里吗？"林恩问。

萨姆闭上眼睛，举起一只手，让大家别出声。

一会儿，又睁开眼睛，说："没错，他就在这里。"

吉米也赞同地点了点头。

林恩小声叫了一下，咬住了下嘴唇。

艾丽斯已经完全失去了对局面的掌控，非常生气地说："你们全都给我闭嘴，好吧？"

看起来吉米并没有跟萨姆合谋，一起挑衅艾丽斯，虽然他俩是最好的朋友。艾丽斯觉得，就在萨姆试图挑衅她的时候，吉米可能确实相信那个鬼真的存在。

萨姆对艾丽斯说："既然你不相信，胆子又这么大，为什么不独自在这个屋子里待一夜呢？"

萨姆是所有人中唯一在艾丽斯生气的时候还敢公然挑战她

的。虽然这样的情况并不经常发生，还是打了艾丽斯一个措手不及。

"没问题。"艾丽斯说。

"什么时候？"萨姆问。

"不用担心，就今天晚上。"

一只蜘蛛从艾丽斯面前经过，她伸出食指，把蜘蛛弹向空中。

吉米对萨姆说："别火上浇油了，没必要这样。"然后又看着艾丽斯说，"你不用在这里过夜。"

艾丽斯没理他，对萨莉说："我会跟我妈说去你家过夜。如果有人问起来的话，就这么说。"

萨莉点了点头，这招一直很管用。艾丽斯的妈妈不喜欢萨莉的妈妈，其实所有人的妈妈都不喜欢萨莉的妈妈，所以也就不会去问她。

"我现在就回家，告诉我妈要去你家过夜。然后我就拿上行李，到这里来过夜。"艾丽斯说。

"我们怎么知道？"萨姆问。

"知道什么？"

"我们怎么知道你一整夜都在这里，没有半夜偷偷溜回家呢？"

艾丽斯愤怒地盯着他，说："有谁不相信的话，就来巡视。我会把门锁上，防止浣熊进来。但你们可以从窗户里看到我，敲门也行。我会待到破晓的时候，要是你们不相信，那就来找我。"

艾丽斯鄙夷地看了一圈人。萨姆傻笑起来，对眼前的战果非常满意，他很清楚自己抓住了艾丽斯的痛脚。这惹得艾丽斯又对他竖起了中指。

艾丽斯把瓶盖盖回伏特加的瓶子上，把瓶子滚向了地上的床垫。剩下的酒要留到晚上喝，才容易入睡。塑料酒瓶在木地板上滚动的声音空洞冷硬，仿佛贴在耳边的海螺。

一两个小时后，艾丽斯回到了枪手之家。其他人都回家睡觉了。她的大背包里装着一个布法罗比尔球队的抱枕、一个三明治、一把手电筒、一根能量棒、一个一次性相机、一瓶可乐和最新一期的《时代》杂志。她找出一张不那么臭的床垫，打算睡在上面。她翻阅着杂志，吃了三明治，喝了伏特加，直到困得睁不开眼，才跌跌撞撞地出去撒泡尿准备睡觉。

回到屋里，艾丽斯把前门闩死了。这是进入这座屋子唯一的途径，后门已经被完全封上了。

她躺了下去，脸颊贴着抱枕，大背包放在旁边，一下子就睡着了。

艾丽斯醒来的时候，柔软的金色阳光从东边的窗户里照了进来。她从床垫上坐了起来,揉了揉眼睛,口干舌燥,还有些恶心。于是伸手去拿被晒暖的可乐,一下子喝了大半瓶。她盯着四周,想:什么都没有,我在这儿睡一个星期都可以!晚些时候,她就要这样告诉那些弱鸡朋友。她把伏特加的空瓶扔了出去,瓶子撞在了远处的墙上,那冲撞声叫她头痛。她吃完能量棒,把枕头塞进大背包里,回家去了。她迫不及待地想和朋友们分享这一夜的经历。

果然,小伙伴们都十分钦佩艾丽斯,她成了大家瞩目的英雄,自然也没有人再提起和鬼有关的事情。

几个月后,艾丽斯的一次性相机拍满了,便去林恩妈妈工作的来德爱连锁店洗照片。相机里充满了夏天的种种冒险:伍德劳恩海滩的无尽白日、林恩的钢琴演奏会、后院的篝火、吉米感染的脚趾、农展会上的羔羊,还有一大堆让人惊叹的枪手之家里的空酒瓶。

第二天,艾丽斯交了洗照片的钱,把照片取回家。她来到房间里,打开装照片的袋子,开心地看起来。

大概看到三分之二的地方,一张照片让她全身发凉。她盯着那张照片,发现是自己睡在枪手之家的床垫上,大背包的拉链打开着,就放在她旁边。她枕着枕头,双手搁在下巴下面。闪光灯让她的身体看起来很苍白。

她克制着不让自己叫出声来,感觉胸口越来越紧绷发热。心跳声传到了耳朵里。她盯着那张自己熟睡的照片,感觉要吐,便奔向洗手间,却又吐不出来。她狠命地咳嗽,直到喉咙咳得生疼。

艾丽斯突然记起几个月前萨莉说的关于鬼怪的话。"你们说鬼会不会觉得他们是人,而我们才是那些死去的鬼呢?"然后她又想到几年前,林恩在他们玩"晕倒"游戏时说的那句话。艾丽斯永远无法忘记林恩从梦里醒来的那一刻说:"感觉在梦里我是活的,而现在却死了。"艾丽斯一想到照片上她那苍白的身体(很白,就像一具尸体似的),还有自己可能已经死了,不再是真实存在的,她的下巴就颤抖个不停。她想象着朋友们都早就知道了,而她是最后一个知道的,被大家当成了笑柄。那个已经死去却自以为还活着的女孩。

第十二章

　　吉米说得没错，拐进度假屋的下坡路陡峭危险。而且，如果不是吉米提醒大家过了火车铁轨后要留神转弯，米基就开过了。从大路上是看不到那个度假屋的。

　　米基开向停车场时，看见已经有好几辆车停在那里了。从停车场到屋门前的雪都被扫干净了。

　　这座巨大的A字形木屋看上去美轮美奂，梦幻闪亮。金色的灯光沿着灌木丛闪烁，烟囱口飘荡着缕缕炊烟，宽阔的庭院后面是一片结了冰的湖面，积雪已经被清理干净了。米基判断，靠得最近的房子之间也有四百米的距离。眼前的这座房子确实占地庞大，分外迷人。

　　米基下车时，艾丽斯正好把车停在了他的车旁边。他打开后座，拿出了一托盘牛角面包，这是他今天早上给大家烤的。不知道为什么,这会儿牛角面包变得很难看,不过他还是决定把面包带进去。艾丽斯刚才还在喊饿,而且也不知道在晚饭前有没有什么零嘴可以先垫垫肚子。

艾丽斯下了车,看上去很烦躁,正在打电话。

"吉米,这哪是你说的湖边小屋?"艾丽斯对着电话里说,"这他妈的是泰姬陵。"她沉默了一会儿,对米基翻了个白眼,继续说道,"要是你非这么说的话。一路平安。好啦,我只是说……它当然接受过上厕所的培训。可是,吉米,你个白痴,它只是条狗。它有毛,年纪又大了,事事都有意外。好吧……"

艾丽斯挂了电话,说:"他还是坚持让我们带芬尼一起进去。"然后举起手臂,对着屋子做了一个夸张的动作,说,"进这种地方。"

克里斯打开后座的门,轻柔地帮助一只又大又老的哈士奇下车,踏进雪地里。芬尼的眼睛一只是蓝色的,另一只是黑色的,都水汪汪地半耷拉着眼皮。斑驳的舌头又长又软,像面条似的。它身上大多数的地方是灰色的,有几处长着黑色和焦糖色的斑点。皮毛的尺寸看起来比骨架大多了。它细细的腿站在深厚的积雪里,一副犹犹豫豫的样子。米基摸了摸芬尼的脑袋,芬尼把脑袋凑得更近了。"乖乖的老男孩,"米基说,"乖乖的老男孩。"

"也没那么老，"艾丽斯说，"别让它听得抑郁了。"

克里斯说："我母亲养了一只吉娃娃，老得牙齿都掉光了，得用针管喂流食才行，像果冻似的。"

米基笑了起来，克里斯并没有跟着笑。

远处一列火车拉响了汽笛，在雪景中悲伤地号叫。

艾丽斯、克里斯、米基和芬尼从一个厨房的侧门进到房子里。几个正在热锅和切菜板之间奔来奔去的餐饮服务人员迎接了他们。那味道真是太香了——肉味、迷迭香、大蒜和甜醋混合的味道。

其中一个服务员介绍过自己后，引领他们来到吧台，说："吉米交代了，让你们想喝什么自己拿。"

米基谢过她，把外套挂了起来。艾丽斯把那头黑发里的雪抖干净，环视着屋子，说了一声："我的天！"

艾丽斯穿着男士工作靴，她弯下腰，解开鞋带。接着，她脱下羊毛背心，把它当作一块大抹布擦去芬尼爪子上的雪和泥巴。克里斯解下被精心卷成头巾的围巾，脱下那件独有风味的黑色外套和黑色靴子。在那些黑色下面，她穿着一件紫色的毛衣和一条深色紧身牛仔裤。

他们从厨房走向餐厅，一张玻璃餐桌上已经优雅地摆好了七个人用的餐具，接着又走进了宽敞的客厅，透过巨大的落地窗可以看见湖面。一架华丽的三角钢琴摆在客厅的一边，闪闪发光。几张奶油色的皮沙发围在一张桃花心木的咖啡桌旁。克里斯走向钢琴，手指在琴键上跳起舞来，从第一个键弹到最后一个，又从最后一个弹到第一个，最后以一个洪亮的低音收尾。

艾丽斯走向吧台，随意抓起一瓶酒，用挂在钥匙上的一个螺旋开瓶器打开了酒瓶，拿着酒和三个酒杯来到了客厅的咖啡桌前。米基把牛角面包也放在了那里。

艾丽斯把三个杯子倒满酒，看着酒瓶，说："法国的。"只见她如品酒师般专业地旋转起酒杯来，把脸凑近杯子，闻了闻，说，"是法国的臭味。"

她拿起一个牛角面包，咬了一大口，快速地嚼起来。涂满黄油的面包屑粘在了她的嘴唇和下巴上。

她盯着米基看了一会儿，说："你能不能把领带解掉。"

"为什么？"

"我从来没见过你打领带，突然看见有点紧张。"

米基解开领带，挂在了沙发的靠背上。

克里斯说："宝贝儿，我去给我们挑个卧室，把行李放好。就选能看见湖景的，怎么样？然后我去洗个澡，打扮一番。"说完便拿着酒去挑房间了。

艾丽斯在米基旁边坐了下来，喝了一大口酒，说："那葬礼可真够呛的。萨莉呀萨莉，我就是不相信。不，我不相信。那座大桥，比我们大几岁的一个人也在那里终结了生命，是吧？就在我们上高中后不久，你还记得吗？"

米基点了点头，说："可不止他们几个。说是要装防护栏，几年了还是没装。"

"那他们他妈的还在等什么？要死几个人他们才肯动手？"

艾丽斯气愤地透过窗户盯着湖面，又咬了几口面包。

米基说："就算装了，你觉得又能阻挡多少想自杀的人呢？"

"我明白你的意思，"艾丽斯说，"想终结生命的人自然会找到办法。"她停顿了一下，环抱着自己的身体颤抖起来，继续说，"用这样的方式来开启夜晚，我会成为一个讨厌鬼的。米基，跟我聊聊你的生活，好吗？有什么新鲜事？酵母面包研究得怎么样了？"

艾丽斯还记得这件事，让米基着实感到吃惊。他只是在几个月前的一封邮件里提起过。

他说："我做出来了。虽然过程坎坷，不过最后我做出了一条非常完美的面包。"

"然后呢？"艾丽斯问。

"被我给吃了。"

"怎么吃的？"

"每次吃一片。"

"哈哈，真搞笑，浑蛋。我是说就着什么一起吃的，和谁一起吃的。"

"我还剩下了一些猪颈肉和一些树莓肉桂果酱三明治，就我一个人孤孤单单地把它们都吃了。"

"一个人吃的？太惨了吧。"

"还有我的猫。"说完，米基喝了一口酒，问，"对了，你跟克里斯在一起多久了？"

"六个月。"艾丽斯说，往米基身边靠了靠，轻声说，"漫长的六个月啊。"

"怎么说？"

"她是千禧一代的，米基，你知道千禧一代吗？"

"那我们属于哪一代？"

"我们是×年代。"

"有什么区别呢？"

"千禧一代的人都特别把自己当回事。"

"是吗？"

"她认为自己是个艺术家，"艾丽斯一边转着手腕一边说，"千禧一代都这么标榜自己。"

"难道她不是吗？"

"噗！米基，你不用Instagram[1]，你不了解。"

米基笑了，问："那你们为什么还在一起？"

艾丽斯微微地耸了耸肩，说："和她在一起还是有开心的时候的，而且跟一个年轻性感的人约会对我的自尊心很有好处。我觉得她认为我很新奇。"

"你确实很新奇。"米基说。

"是吗？"艾丽斯喝了口酒。

米基点了点头，说："很有魅力，又令人不安。"

克里斯站在他们后面的阶梯上，说："宝贝儿，我挑了一间主卧室，就在楼上，左手边第二间。"

艾丽斯抬起手做了一个OK的手势，连头也没回。

芬尼缓慢、小心地坐在了艾丽斯脚边，看上去很疼的样子。艾丽斯用脚趾挠了挠芬尼，对它说："老男孩，我爱你。"又抬起头来看着米基，说，"这些年来你跟萨莉说过话吗？"

米基摇了摇头，说："我们在街上和店里时不时遇到过，她还是……什么都没改变。"

艾丽斯又喝了一大口酒，靠在沙发上，说："你知道吗？我从来不想跟你或者其他人提起萨莉，是因为……"艾丽斯停了下

---

[1] Instagram，一款分享图片的社交应用程序。——编者注（若无特殊说明，本书注释均为编者注。）

来，一副坐立不安的样子，又弯下腰去摸芬尼的脑袋，像是要得到一种安慰，"这么多年来我无数次地想问你，有没有见过她，她看起来怎么样，不过就是从来没开过口。我一直在想这些问题，从未停止过。"

"就算问了，我也不能给你任何答案。"米基犹豫了一下，说，"你觉得林恩、萨姆或者吉米可能知道些什么吗？她当时为什么突然离开了我们？"

艾丽斯扭了扭脖子，说："你觉得吉米的飞机是真的晚点了，还是他在故意回避我们呢？也许全都是他的错，一切都是吉米的错。这是我的猜想，一定是这样的。事实上，他把我们都骗到这里，先杀再吃。"

米基笑了。

艾丽斯说："我这么刻薄是因为我嫉妒那家伙，我是说，你看看这房子。"艾丽斯夸张地指着四周：一尘不染的家具、落地窗前壮丽的冰雪湖景，"这个有钱的王八蛋。"

第十三章

四年级的时候，当吉米的同学们都在纠结于分数乘法时，他发现自己能在半分钟内完成一页练习题，而其他同学要用一整段课间休息的时间才能做完。

吉米的老师佩里注意到了这一点，让吉米下课后留下来，想跟他谈谈这件事。她问吉米是不是请了家教（没有），还有他的父母是做什么工作的（他的母亲是穆蓓丽餐厅的厨师，父亲是开大卡车的）。佩里老师问吉米想不想每个星期加一节课到两节课，学一些难一点的东西，佩里老师会单独给他上课。除了数学课，其他课也可以。最后，他还问吉米想不想跳个一两级。吉米同意了加课，却不想跳级。他不想跟班上的枪手们分开，更不想因为跳级而引起大家的注意。吉米已经够引人注目的了，这已经超过了他希望的范围。整条大街上住的都是波兰或者爱尔兰的孩子，而他是唯一来自意大利的。

吉米的父母是第一代移民，有时候，枪手们喜欢站在吉米家窗前，听他的父母用意大利语说脏话、八卦和唱歌，然后会用轻快的旋律模仿他们。虽说吉米明白枪手们这么做并没有不怀好意，然而那种关注却让他很尴尬。这让他意识到自己父母和别人家父母的不同。吉米把那头浓密的黑发剃得很短，努力用最美式的英语去念他那极具意大利风味的名字。虽然他叫文森佐，却跟每个人说自己叫吉米。

最终，枪手们还是得知了吉米数学很好的消息。他尽可能地掩藏了这个秘密，直到无法为佩里老师的加课再编出任何借口。他紧紧地盯着自己的阿迪达斯足球鞋，鞋子小了半码，脚指头都挤在鞋子里。就这样，他把这个消息告诉了大家：他其实……是很聪明的……还有，佩里老师也在努力……帮助提升他。

萨姆是第一个回话的："这是说你会帮我们大家做作业吗？快说'是'，说'是'。"

林恩也说："说'是'，说'是'！"

艾丽斯也来了劲儿，问："你需要多久可以做完一页练习题呢？"

"两分钟吧，"吉米说，"有时候都不要两分钟。"

"天哪！那还真是很快。"

就这样，吉米揽下了为枪手们做作业的活。每天晚上，枪手们把作业带到枪手之家，他就会站在他们身后，一边报答案，枪手们一边自己填写空格。更厉害的是，吉米发明了一套精巧的作弊方法。他制作了莫尔斯密码的数字版本，通过钢笔敲击桌子，好让同伴们得知题目的答案。那是一套很复杂的密码，除了萨莉，没人真正花工夫去记住它们。

吉米跟佩里老师学完了代数，又继续跟另外一个老师学习微积分。

佩里老师一直在怂恿吉米，叫他的父母来见一面。她还给他们打过几次电话，可惜他们每天都得上班，而且英语很差。吉米的父母没工夫来学校开会，甚至挤不出时间好好打个电话。快上完初一的时候，吉米已经在做大学级别的数学题了。

吉米十三岁那年的一个下午，放学后的高级理论课上了很长时间，到枪手之家的时候已经不早了。艾丽斯问："他们今天又给你上什么高级的课了呀？是教你怎么把水变成酒吗？还是怎么让屎不臭？"

吉米笑了，说："今天我们研究了矛盾论。"

"矛什么？"

"一个言论,有自己的逻辑,又跟自己的逻辑相违背。"

萨莉一边用手指梳头,一边问:"这么说那个言论又对又不对?"

"差不多吧。"

艾丽斯说:"举个例子呗。"

吉米说:"好吧。一条鳄鱼抢走了一个妈妈的孩子。鳄鱼跟妈妈说:如果你能预测正确我会不会吃了你的孩子,我就会把孩子还给你。那么如果妈妈说:我猜你不会把孩子还给我,会怎么样呢?"

萨姆盯着吉米,说:"那鳄鱼会吃了那个孩子呗。"

艾丽斯说:"你这个笨蛋,鳄鱼说过如果她猜对了,就会把孩子还回去。"

"对啊,"萨姆皱眉道,"那鳄鱼就把孩子还给妈妈了呗。"

吉米说:"那他就违背了自己的承诺,因为妈妈的预测错了。明白了吗?这里面根本就没有符合逻辑的解决方式,这就是矛盾。"

萨姆说:"我讨厌这个例子。"

吉米说:"好吧,那我再举一个阿比林的例子[1],跟群体的行为

---

[1] 即阿比林悖论,由杰瑞·哈维(Jerry Harvey)教授在1974年发表的一篇题为《管理中的阿比林悖论和其它思考》的文章中提出,指一群人采取的集体行动与成员个体真正意愿相违背。

有关。当每个人都非常努力地去迁就别人的意愿，就没人会真正得到自己想要的。"

艾丽斯说："给我们解释解释。"

"一家人坐在一起，父亲说，我们去阿比林吃晚饭吧？"

"阿比林是什么？"

"是得克萨斯的一座城市，不过这不是重点。"

艾丽斯说："怎么会有人想去得克萨斯啊？全是狗日的浑蛋。"

米基问："什么是狗日的浑蛋啊？"

"就是强奸狗的人。"艾丽斯说，"你知道吗……就像……"她把一根指头塞进了另一只手握紧的拳头里。

林恩大喊起来："真恶心！"

"听好了，"吉米说，"这时母亲说：好呀，这个主意不错。她看着儿子，儿子说：好的。然后女儿也说：好啊，不错。然后他们一家人就去阿比林吃晚饭了。回到家后，有人说：真无聊，还不如待在家里呢。然后大家互相看了看，发现所有人都想待在家里，不知道为什么出了一趟没人想出的门。"

"为什么呢？"萨莉问。

萨姆不高兴地说："我不明白。"

林恩突然说："这到底是什么意思？"这几天林恩的情绪很不

稳定。突然间，她就会心情不好，乱发脾气，甚至暴怒，完全没有任何预兆和理由。

萨莉说："我想弄明白。"

吉米解释道："矛盾在于，人们都想去做群体想做的事，这就可能违背他们的个人意愿。可是如果每个人都在迁就群体的需求，就不会有人得到自己想要的东西。"

说完，大家都沉默起来。

萨莉说："我们也是这样吗？"

米基问她什么意思。

萨莉说："我们也做过自己不想做的事情吗？"

艾丽斯说："至少我不会。我保证我们当中至少有一个人会得到自己想要的东西。"

萨莉笑了，说："吉米，再给我们讲讲。"

"还有服务补救悖论这个例子。"吉米说。

"什么意思？"

"意思是比起从来没有任何问题的好公司，顾客反而会给予一家解决过问题的公司更高的评价。"

林恩说："你是说人们倾向于被修正过的东西，而不是从来没有出过错的事情？"

吉米点了点头。

萨姆抱怨道:"请问我们现在能开始打牌了吗?这根本就不是数学。"

林恩问:"还有酒吗?"

"你说那晚的伏特加?"艾丽斯说,"没了,周末就喝完了,你不记得了?"

萨姆说:"我舅舅兰迪明天来,他每次都会带三箱啤酒、一条火腿和准备卖给我妈的清洁用品。他会在我们家待一个星期左右,说不定我能弄点啤酒来。"

艾丽斯说:"我哥哥的女朋友在上大学,她的大拇指有点畸形,我不喜欢她。不过我会礼貌地问她愿不愿意帮我们买点东西。当然了,我们得给她钱。"

萨莉问:"如果那个妈妈预测鳄鱼会把孩子还给自己,会怎么样呢?"

所有人都看着萨莉,问:"什么呀?"

"如果那个妈妈预测鳄鱼会把孩子还回来,那么鳄鱼就会把孩子还给她了,对吗?"

"不对,"艾丽斯突然想明白了,眼睛亮了起来,说,"你还记得吗?只有妈妈猜对了,鳄鱼才会把孩子还给她。如果她说鳄鱼会把孩子还给她,鳄鱼还是可以把孩子给吃了,同时不用打破自己的承诺。两种情况都可能发生。"

吉米点了点头，对萨莉说："你明白了吗？"

萨莉点了点头，说："就这样吧。"

当大家重新开始打牌并讨论起其他事情时，吉米发现萨莉还在想什么。吉米很了解萨莉，还有萨莉的秘密，他知道她在想什么。他很想抓着萨莉的手，不过并不敢在大家面前这么做。他们俩之间的秘密其他人都不可以知道。尽管如此，他还是为萨莉喜欢他的矛盾论而感到高兴。晚一点，他还可以再给她讲讲，就只有他们两个人的时候。

萨姆一直是他们当中学习最困难的，但是在高三那年的早春时节，吉米发现萨姆突然开始拒绝他的帮助。萨姆不再把作业带到枪手之家，也很少对吉米的笑话做出反应，甚至不会去看他的眼睛。萨姆平静的表面下似乎透露出某种沉默的气愤。

吉米感到挫败又困惑。萨姆是他在枪手中的第一个朋友，十年了，他们曾经一起在吉米家的小木屋里看布法罗比尔队的橄榄球赛。屋里有一块绿色粗毛地毯，一面挂着巨大的白色陶瓷十字架的墙，一个摆满了《圣经》、相册和小小的宗教饰品及雕塑的架子。球赛间歇放广告的时候，萨姆喜欢看吉米的父母在意大利的童年旧照片。喜欢的球队赢了，两人会去后院模仿球赛的情形。萨姆喜欢吉米的妈妈做的三明治，脆皮面包里夹着油油的肉。他还学会了用意大利语说"请"和"谢谢"。

可是现在,当三月,布法罗比尔队用一名替补四分卫换来一名官司缠身的全能接球手时,吉米试图跟萨姆讨论这件事,萨姆却连看都不看吉米一眼。城市里的每个人都对这次换人有自己的看法,当吉米去问萨姆的看法时,萨姆没好气地说:"不知道,我也不关心。"

吉米不明白出了什么问题,猜想着各种可能性。萨姆一直喜欢做中心人物:特别大声地讲笑话、挑战艾丽斯的权威、和大家比自己的强项。吉米想,是不是因为萨姆的作业总是需要自己帮忙,所以他突然不好意思了?到底是什么导致了萨姆的变化呢?吉米先是旁敲侧击地试探,后来索性直接问萨姆,而萨姆却嗤之以鼻,仿佛吉米提出了一个不合理的请求似的。

虽然除了萨姆,吉米没有感觉到其他人对自己的态度有任何转变,却还是不敢和他们讨论这个话题,就连一起分享每个秘密的萨莉也不行。他担心无论萨姆被公开的秘密是什么,大家都会站到萨姆那一边。

吉米试图安慰自己,大家都长大了,在一起的氛围就会变得复杂起来;这种变化是不可避免的,毕竟现在有令人烦恼的青春痘、胸部和不合时宜的勃起,还有林恩不稳定的情绪、每个人的秘密。成员间的关系有一种从未有过的紧绷感。生活时刻都在变化，但这都只是成长的一部分，吉米这样说服自己。也许是他误解了萨姆的行为，想得太多了。

除此以外，吉米还有别的担忧，就是他自己的阴茎。对那玩意儿，他真是又爱又恨。他喜欢它勃起时候的模样：令人愉悦的粉嫩色、围绕着"基地"的一小圈好看的黑色卷毛、高昂坚挺的"山脊"、整体美妙的对称和尺寸。它的尺寸刚好，不，坦白说，很大。他喜欢结束时的胜利感，那令人咋舌、迷幻的时刻。然而，当它变软时，吉米就很恨它，它看起来就像一个干瘪的白橡子。当它背叛自己，不顾大脑的指令，不合时宜地勃起时，吉米就更恨它。而那终极的背叛是吉米内心深处最黑暗的秘密，全都要怪他的阴茎。

第十四章

  萨姆爱上萨莉已经好久了，就在他们还是孩子的时候，在他们真正认识彼此之前，他就爱上了萨莉那头银色的头发和她身上那甜甜的味道。当他们又长大了一点，他就爱上了她细小的牙齿，甚至齿间的缝隙，还有那双浅色的眼睛和她穿的那件小小的粉色的上衣。十二岁那年，他爱上了她的腿，如奶油一般无瑕，还有刚刚开始发育的胸部。他很喜欢逗萨莉笑。

  萨姆有一大堆笑话、把戏和有趣的表情来逗萨莉。他能让她一直笑啊笑，直到她得一手捂住嘴，一手不停地摇晃示意萨姆快停下。他喜欢逗她笑，是因为她只要不笑，眼睛就充满悲伤。萨姆确信自己是唯一能把萨莉从那些轻易侵蚀她的神秘的悲伤中解救出来的人。他爱萨莉。他愿意用枪手中的所有人去换萨莉一个人，甚至吉米也行，要知道，他们俩在五岁那年就成了最好的朋友。他可以用自己的兄弟姐妹换她，就算是母亲也行。

萨姆很肯定萨莉也爱他，不过还是有些担心萨莉会拒绝自己——或许她害怕两人因为谈恋爱而被其他枪手孤立。萨莉的性格很温和，喜欢随大溜，总想和所有人都相处融洽，对每个人都公平。

所以为了萨莉，萨姆决定等下去。

他看着萨莉从一个小女孩长成了一个年轻的女人，也意识到自己越来越想得到她。

萨姆开始存钱，想给萨莉买个戒指，在她十六岁生日的时候送给她。他知道萨莉不会这么年轻就跟自己结婚，不过还是打算先向她表白。青春期的时间过得飞快，大家已经高三了。他亲眼看见同学们开始正儿八经地谈情说爱。他也知道如果等得太久，就可能失去萨莉。他对自己说，枪手们会理解的，甚至还会为他们俩感到高兴。

萨姆给奶奶修剪灌木丛，从街上的垃圾堆里收集塑料瓶拿去卖，每个瓶子能卖五美分。他在一家首饰店看中了一个小金戒指，戒指上还镶嵌着一颗爱心形的祖母绿。绿色可是萨莉最喜欢的颜色。萨姆不停地工作、存钱、工作、存钱，终于挣到了能买下戒指的五十八美元。戒指被放在一个漂亮的红丝绒盒子里，那盒子就跟小动物似的柔软温暖。

萨莉的生日越来越近了，萨姆计划在她生日的那天晚上吃过晚饭后去找她。这些年来，他跟萨莉的妈妈几乎没什么交往；这似乎是大家心照不宣的规则。不过去萨莉家是唯一能避开枪手们的办法，以防他们打乱萨姆的计划。计划是这样的：他会去萨莉家，问她愿不愿意跟自己去散步。他会告诉萨莉自己给她准备了生日礼物。他们会走向杰姆斯大街上的公园。公园里没什么好看的——被涂鸦覆盖的开裂的围栏、倾斜的旋转木马、被阳光照得褪色的吱吱嘎嘎响的秋千。不过这是萨姆能想到的最好的地方了。他会把自己浓烈的爱告诉萨莉，而她一定十分震惊但又欣喜若狂。她会戴上戒指，两人会计划怎么把这一切告诉大家，这样就不用再藏着掖着了。也许他还会亲萨莉一下。

萨莉生日的夜晚终于来临了。

萨姆打理好发型，把自己挤进最瘦的一条裤子里。

他很喜欢这枚戒指，把戒指盒子放进了口袋里，晚上八点钟的时候出了门，走在英格拉姆大街上，脉搏冲击得他的太阳穴一跳一跳的。

到了萨莉家，萨姆按响了门铃，没什么动静。他接着又按了第二下、第三下。

他敲了敲门，猜想门铃可能是坏了。

没人在家吗？早些时候，他还问过萨莉生日有没有什么计划，她说没什么计划，可能就在家待着。

萨姆回到大街上，发现萨莉妈妈的汽车不在家，可能是带萨莉出去吃晚饭了。可是灯怎么亮着呢？萨姆想，科琳娜应该是在加班或者跟男朋友出去约会了，萨莉可能一个人在家，正希望能有个人陪自己一起度过这个生日夜晚。

虽然萨姆从没踏进过萨莉家一步，却知道萨莉的卧室在哪个位置。他决定走向那个位置，没准她在听音乐或者看电视，才没听见门铃声。就这样在房子周围偷偷摸摸地窥探萨莉的房间，在萨姆看来多少有些疯狂。不过要是萨莉一个人待在房间里……那样的话，可就既完美又浪漫了，不是吗？就跟电影里演的一样，一个男孩拿着手写的标语，在女孩家外面示爱。虽然萨姆已经不记得那个男孩和他的手写标语的结局是怎样的了。

萨姆在房子周围转圈，看到萨莉房间里的灯灭了。他正准备回家，为明天打造一个新的计划。就在这时，萨莉房间里的一点动静引起了他的注意。萨姆又回到窗子下面，房间里很黑，不过他还是可以看见有人在里面。那里有……有……他看见了萨莉的后脑勺儿，身体躲在被子里。什么？房间里竟然有两个身体。萨莉在上面，一双手绕过她的脖子，抱住了她的头；被子隐约起伏着。不！萨姆感觉到自己的腿在往相反的方向走，时间仿佛已不复存在。

萨姆想继续看下去，想看看那个人到底是谁，想冲进屋子杀了那个抢占了萨莉的人，可这些想法最终被一阵恶心和尽快逃离现场的冲动所取代。他跑回大街，歪歪扭扭地走在英格拉姆大街上，像个受伤的动物。脸上挂满了泪水，写满了愤怒。他不能回家，在那里会碰到母亲，还得解释这一切。于是他走向了枪手之家。

萨姆走进枪手之家时，里面一片漆黑，空空荡荡。他关上门，没有打开灯，从口袋里拿出戒指，把红色的丝绒盒子扔在了房间里，痛苦地大叫一声。这屋子里的味道一点没变，萨姆哭了。

到底是谁？他靠在床垫上，闭上了眼睛。

肯定是他们当中的一个。萨姆已经注意萨莉很久了，除了枪手们，萨莉没有别的朋友。她也不和其他的男孩子说话，甚至连看都不看一眼。

肯定是他们当中的一个，到底是谁呢？萨姆的胃痛苦地扭曲泛酸。

在枪手们彼此认识之前，萨莉和米基就已经是最好的朋友。他们俩一起坐校车，成了朋友，而且都是在单亲家庭长大的孩子。可是米基年龄那么小，又那么害羞。他比别的枪手都小一年，还在上高二，而且他看上去是那么……无辜。跟萨莉一起在被窝里亲热，那样抱着她的头和脖子？

但是吉米是萨姆最好的朋友。吉米！他怎么能这样？萨姆从来没有提过他对萨莉的感觉，就连吉米也没有。可是吉米又怎么可能不知道呢？他怎么敢偷偷摸摸，还……啊，肯定是他，没错。那双碧蓝的眼睛，萨姆知道女孩们是怎么看吉米的。那个驰骋校园的男孩。还有那些只有萨莉才读得懂的愚蠢的莫尔斯密码……吉米可能对她说了些什么，除了他俩，没人听得懂。

萨姆的思绪飘到了几个月前的一个早晨。他六点就起床出去遛狗。太阳还没完全升起，萨姆穿着靴子，睡衣外面套着一件厚厚的外套。他睡眼惺忪地出了门，牵着狗拖沓地走在街上。他的狗习惯在短暂的探索后找到一个完美的地方撒泡尿。当萨姆经过吉米家的时候，灯还都关着，地下室窗户后面的动静吸引了他的目光。有什么东西突然闪了一下，像是要从窗户后面出来，然后又飞快地消失在了屋子里。萨姆盯着窗户，那道白光好像被萨姆的突然出现吓了回去，这会儿又消失了，不知道是什么东西，还是什么人。萨姆打着哈欠，牵着狗继续往前走。有可能什么都不是，也有可能是什么重要的发现。

现在，萨姆想着那个早晨，他几乎能肯定那道光就是萨莉的头发。萨莉在吉米家过了夜，要在吉米的父母醒来前偷偷溜出去，却在想逃走的那一瞬间被萨姆发现了。虽然没看到整个人，但萨姆肯定就是她。萨姆越想，就越觉得吉米有什么事情在瞒着自己。那些小小的举动，还有那些欲言又止的时刻。沉默就是负罪感的写照，现在，萨姆算是明白了。

谁又知道吉米和萨莉一起度过了多少个夜晚呢？萨姆不敢想象这一切已经进行了多久，在吉米的地下室和萨莉的卧室里发生了多少情情爱爱。

萨姆很想徒手掐死什么，所以才强迫自己待在枪手之家。他知道，只要一出去，他就会控制不住自己的暴力。如果现在随心所欲，就会毁了他的一生。他开始数自己的呼吸，反复对自己说："你这个毫无希望的死胖子，你到底在期待什么？你这个毫无希望的死胖子，你就不配得到爱。你这个毫无希望的死胖子……"虽然这并没有让他的感觉有所好转，却把他对吉米的一部分怨恨转移到了自己的身上，想杀人的愤恨也渐渐消退了。他从床垫上坐了起来，用拳头去砸墙，直到脱皮了、流血了。做完俯卧撑后，他又回到了垫子上，心里想着：你这个毫无希望的死胖子……

一个小时后，突然有人从前门走进了枪手之家，萨姆吓了一大跳。他直起身，看到那个身影出现在门廊，街上的灯光照在他身上。

艾丽斯在黑暗中突然看见萨姆，也吓了一大跳，问："谁啊？想吓死我啊！"

萨姆说："是我。"

艾丽斯走了进去，开了灯。她看起来好高，尤其是从萨姆坐在地上的位置看过去。那头黑发松松地盘了起来。只见她穿着男士牛仔裤，长度只到脚踝，一件布法罗球队的T恤和一双柠檬绿的中式网眼拖鞋，脚趾上还有亮片。

萨姆眨了眨眼，脸上仿佛蒙了一层黏土，问："你在这儿干吗？"

"你又在这儿干吗？"艾丽斯一边说，一边指着房间远处的一个角落，"昨天晚上我把生物课本忘在这里了，下星期一就要交作业了。"她一边看着萨姆，一边说，"兄弟，你怎么看起来跟打了一场仗似的，怎么了？"

萨姆用手捂住了脸，感觉身心俱碎，挫败委屈。他的心很痛。虽然不想在艾丽斯面前示弱，毕竟这么多年来他一直很讨厌艾丽斯，比对其他所有人的讨厌加起来还要多，不过他还是信赖她的，这时候也渴望有个可以倾诉的对象。

萨姆说："萨莉有人了。"

艾丽斯皱起了眉毛，说："什么？"

"她……有人了。"

"有人了?"艾丽斯说,"什么?谁?你到底是什么意思?"那双黑色的眼睛盯着萨姆的脸看了一会儿,说,"你爱上她了。"

"没有。"萨姆厉声说道。

艾丽斯在萨姆身边坐了下来,问:"你为什么说她有人了?"

"我之前去过她家,本来是想给她过生日的。我从窗户里看见,她躺在床上,还有另外一个人。"

艾丽斯问:"谁?"

萨姆摇了摇头,说:"我没看见,不过肯定是他们中的一个,不是米基就是吉米。"

艾丽斯没有说话,萨姆转过头直直地看着她说:"艾丽斯,只可能是吉米。"

艾丽斯沉默了一会儿。

让人惊讶的是,艾丽斯并没有像萨姆一样愤怒,萨姆因此很生气,说:"你能相信吗?就这么偷偷摸摸的,他们就是所谓的朋友!"

萨姆看着艾丽斯的脸,她的表情仍然很平静,却也闪烁着一些他读不懂的思绪。

最后,艾丽斯说:"我们都上高中了,事情会变的,我们也不再是孩子了。有些事情自然会发生。如果萨莉和那个人不想公布他们的关系,那是他们的事。那么你也应该适应起来。如果我们都还想做朋友,就得接受事情会发生变化这个事实。"

萨姆盯着艾丽斯,问:"你不气她吗?"

艾丽斯说:"这是迟早的事。"

两个人在沉默中待了好一会儿。

萨姆看着黑暗的房间,什么细节都不放过。思绪回到了过去,回到了一切还不那么复杂的时候,没有谎言和秘密的时候,没有独自抓狂的时候;只有笑声、汗水和沾满青草的膝盖。六个孩子待在一起,互相保护,保护这个枪手之家不受父母和外界的侵扰。艾丽斯是对的,一切都变了。这个地方不再那么安全和快乐了,而那些人也不再值得信任。萨姆感觉到某个黑暗生物呼吸着空气缓缓苏醒了,就在自己的身体里。

最后,艾丽斯说:"我得回家做功课了。你是回家还是继续待在这儿?"

萨姆跟艾丽斯一起离开了枪手之家,两个人漫步在英格拉姆大街上。苍白的月亮笼罩着一层桃红色的光芒,三月的空气因时间的不同,变得时而暖,时而冷。

那天晚上十一点钟,萨莉家的电话响了,是萨莉接的电话。

"萨姆知道你有人了。"艾丽斯说,"他今天晚上去你家了,从窗户里看见你跟一个人在床上。"

"他知道多少?"萨莉问。

"只知道你有人了……不知道是谁。"

萨莉沉默了一会儿,说:"我们是不是该停止约会了?"

"不,"艾丽斯说,"我们只是要更加小心。"

第十五章

艾丽斯转向米基，问："你猜我能一口就吞掉一整个牛角面包吗？"

米基还没来得及回答，艾丽斯就又从咖啡桌上抓起一个面包，巧妙地把面包揉成一团，直到它变得跟一个杏子差不多大小。然后她把面包塞进嘴里，咀嚼的时候脸鼓了起来，最后一口吞下。只见她愉悦地拍起手来，面包屑满天飞。

米基说："奇迹永远都会发生。"

艾丽斯看着落地窗，说："你听说过多伦多那个律师的故事吗？"

"是个笑话吗？"

"也不全是，是真实发生的事件。那个有钱的律师在多伦多一家公司的十三楼上班，有很多同事。有一天，他决定从楼层的一边冲向另外一边，好证明办公室的落地窗是不会碎的。很显然，之前他也试过好几次。可是这次……"艾丽斯停了一下，喝了一口酒，手在空中猛烈地舞动起来，"他径直摔了下去，游戏失败。他想得没错，玻璃是没碎，可是整个窗户脱落了。我只是想说，你可千万别在家里乱试，在吉米家也不行。"

"他死了？"

"死了，死了，死了。我不该聊这么凄惨的事情，对不起。"艾丽斯说，"不过既然说到了这里，我父亲得了结肠癌。"

"严重吗？"

艾丽斯嘶地吸了口气，说："严重，也就一两年的时间了，上个月才发现的。"

"你还好吗？家里人都怎么样？"

"我在想要不要搬回来帮忙。"

"真的吗？"

艾丽斯点了点头，说："我可以卖了那里的码头，而且已经找到感兴趣的买主了，然后我可以搬回来，在这里再开一个……我在网上看到一座房子，就在路易斯盾码头旁边，是一个小小的船屋，我可以给它捣鼓捣鼓。"

"艾丽斯，我很想经常见到你。"米基感到一丝希望，说，"如果你搬回来，我会很高兴的。"

艾丽斯说："我保证，不用一两个星期你就受够我了。然后我们会大吵一架，狠狠地打对方的脸，然后就再也不说话了。"

米基笑了起来。

"先别告诉其他人，我还没跟克里斯提过呢。"艾丽斯一口喝光了杯里的酒。

米基说："最近有圣徒的消息吗？"

艾丽斯大三的时候，和她的老公在一起了，他是海洋生物课的助教。他们离婚已经八年了。就在前不久，艾丽斯告诉大家圣徒给她寄了一张圣诞贺卡，还有一封自我炫耀的信。艾丽斯从来没有细说过他们离婚的经过，她总会不遗余力地开圣徒的玩笑。不过米基知道艾丽斯不愿意提及他们离婚的真正原因。

艾丽斯点了点头，说："就是圣诞卡片。说起圣徒，那天我在酒吧里遇到的一个人让我想起了他。你知道那家伙对我说什么吗？那可是我听过的最奇怪的羞辱了。"

"他说什么了？"

"他在我刚要点酒的时候横插一脚，挡在吧台前。我告诉他，让他懂点规矩。你知道他说什么吗？他竟然说：'哦？你说什么？什么？我敢打赌你觉得自己他妈的挺高，是不是啊？'"

"他多高？"

"可能跟你差不多吧。你多高？一米七五？"

米基点了点头。

艾丽斯说:"我吃了一惊,无话可说,你能想象吗?话说,我还是好饿,得找些甜的东西来吃。"

她站起来,走向厨房,几分钟后带着一瓶酒、一罐无花果酱、一瓶草莓酱、黄芥末和一把刀回来了。她把东西都放在他们面前的咖啡桌上,然后坐回沙发上,拿起酒杯,和米基碰了个杯。

喝过酒后,她深深地叹了一口气,舔了一口正从酒杯上慢慢滴下去的紫色的酒滴,说:"米基,在其他人来之前,我要告诉你一件事。"

"好。"

"我从来都没想过要背叛萨莉的信任。我很害怕如果你们知道了,会责备我,所以就什么也没说。其实那一切都是因为我。"

"什么?"

"萨莉离开了我们。"艾丽斯又弯下腰去摸芬尼的脑袋,用食指在它的眼睛之间摸了摸。芬尼慢慢眨了眨眼睛,高兴地哼哼着。艾丽斯接着说:"千万别恨我。"

"什么?"米基盯着她。

艾丽斯靠着沙发,拨弄着袜子上的线头,又沉沉地叹了口气,最终平静地说:"当时萨莉和我在一起。"

米基感觉自己的眼睛瞪大了两倍,问:"你们在谈恋爱?"

艾丽斯点了点头，说："是我们十四五岁的时候开始的，就跟做实验似的，纯粹生理上的需求。"

米基没忍住，尴尬地笑了起来，又立刻抱歉地说："对不起，我并不觉得有什么好笑的，我只是……我们当年都那么年轻！我完全不知道。"

"我明白，"艾丽斯说，"我们没有告诉过任何人，有一次差点被萨姆发现了，可折磨死他了。他不知道那个人是我，只知道艾丽斯跟某个人在一起……萨姆也爱上了萨莉。"

"真的吗？"米基问。

艾丽斯点了点头，说："这也是我不想说的另一个原因，差点被他抓了个现行，我对他说谎了。"

米基问："在她离开我们之前的那段时间，你们之间发生什么事了吗？吵架了？"

艾丽斯用舌头抵着上颌，说："我也一直觉得很奇怪，我们之间没什么。我当时爱上了她，不过我不确定她是否真的对我有感觉，忽冷忽热。我们也从来没有认真讨论过我们之间的关系，我并不想强迫她。我太害怕了，也太骄傲了。"

"这么说她离开我们以后，你们俩也就分手了？"

艾丽斯点了点头，说："我知道的不比你们多。"

米基又说："我完全不知道你们的事。"

艾丽斯把辫子末端的橡皮筋摘下来，重新编好、扎紧后，把它搭在了肩膀上。

米基说："这么说，你认为她离开我们，是因为她觉得跟你在一起让她无地自容了？"

"我想是这样的。"艾丽斯说，"也许是感到耻辱，不想做同性恋了，或者发现自己不是同性恋。不过……好了，已经说得够多了。不过一开始，是她先主动的。"

"真的？"米基说。

艾丽斯点了点头，说："那时候，我不知道自己究竟是什么，是同性恋、异性恋，还是处于两者之间。一天晚上我和萨莉一起走回家，她邀请我去她家，她妈妈正好不在家，她说想让我看点东西，然后……那什么……那是我的初吻，是我的第一次。"

米基问："她看起来很有经验吗？"

艾丽斯说："我也不知道那算不算是有经验，不过我可以肯定的是她一点不胆怯。"

"好吧。"米基伸了伸脖子，听到这些感到很不自在。他心不在焉地抚弄着小臂上的汗毛。

"从一开始，"艾丽斯说，"我就有种感觉……我担心她会穿过我。"

"你是说她只是在利用你，然后再去找别人？"

艾丽斯想了想，说："也不是利用我……那太简单粗暴了。我是说我感觉她会穿过我，就像鬼魂一样，然后去往一个没人知道的地方，嗯哼，然后只剩我一人颤抖。"

火苗在房间里噼里啪啦地响起来。

"我想我的感觉是对的，"艾丽斯沉默了一会儿，接着说，"萨莉很漂亮，是吧？她的身上有一种磁性，很难解释，不管怎么说，这是我对她的印象。"艾丽斯没再说什么，偏着头，看着米基，问，"你也爱上萨莉了吗？你可在我们之前就认识她了。"

米基说："萨莉是我的第一个朋友。"

这句话意外地拨动了米基的情绪，他吞咽了好几次才忍住喉咙里的哽咽。米基说："我不记得自己对她有任何浪漫的念想，我觉得我没有。"

艾丽斯说："我觉得我们在不同的时间都爱上过彼此。朋友们一起长大，不都是这样的吗？"

米基说："我不清楚。"

艾丽斯说："得了吧，米基，你敢说你从来没有爱上过我吗？"

米基听了这话，笑了起来，说："对不起，我没有。"

"那你爱上过谁？"

"我觉得我没有……"米基说。

"没有什么?"

"没有爱上人的能力。"

艾丽斯喝了一口酒,说:"行了,你总是让人心碎吗?是那个不能爱上的男孩?"艾丽斯笑了起来。

米基也笑了,然而胸前的起伏感觉像在哭泣。

他们在沉默中待了一会儿。

米基开始流鼻涕,他朝卫生间走去,撕了一团卫生纸擤鼻涕,然后看着镜子里的自己。

当他回到客厅时,艾丽斯已经等得不耐烦了,冲米基叫起来:"嘿!快回来,继续陪我!"

湖面上的天空渐渐变黑了,看得见的地方都结冰了。雪盖在湖面上,跟陆地上的雪有些不同,呈现出蓝灰色调和静脉般的花纹,似乎是属于另一个星球的景色。

"很奇怪,是吧?"艾丽斯说,"看看我们的结局,还有我们的变化。"

米基点了点头,说:"是很奇怪,很有趣,不过……我不知道自己相不相信人是会变的。"对米基而言,事情只是发生在人们身上,就像弹跳球似的,弹到身上,又蹦走了。

"真的吗?"艾丽斯看起来很惊讶,说,"你觉得人是不会变的?好吧……我猜是因为过去十年里,你一直做着同样的工作，住在同一个地方。我并不是要冒犯你，但是……吉米呢？从一个害羞的数学书呆子成了一个富有的洛杉矶精英。还有萨姆，我们还小的时候，他又高又壮，还满嘴脏话。现在整天出入教堂，在每封邮件的结尾都要写上'上帝保佑'的话？再看看萨莉，怎么能少了她？从前，她跟我们的关系那么好……结果呢？你还觉得人是不会变的？"

米基想了一会儿，很想提艾丽斯离婚的事——究竟是谁变了还是有什么其他的原因——不过他还是忍住了。

米基说："我觉得在生命的不同时刻，我们都多多少少还是那个原来的自己。自我的本质，也就是说我们到底是谁，是永远不会变的。"

"那你是谁呢？"

再一次，"空洞"这个词占据了米基的思绪。

还没来得及开口，艾丽斯又说："老实说，我觉得整个前提条件就错了，都是狗屁。"

"为什么？"

"我觉得假定人有不变的本质只是个借口。"

"什么借口？"

"笨蛋，借口不做出任何改变。"

"好吧。"米基说，他开始厌倦艾丽斯的说辞，希望其他人快点到来。

"别着急,有一点我还是同意你的。我们之间有一个本质的区别,你和我之间。"

"就只有一个吗?"

艾丽斯说:"你总是很严肃,除非有人叫你别那么严肃。我总是不严肃,除非有人告诉我必须严肃起来。我可没有诋毁你的意思啊。"

"要不你试试不要这么咄咄逼人,行吗?"

"得了吧,"艾丽斯抓着米基的肩膀摇晃起来,说,"你要在大家到达之前把坏情绪都发泄出来吗?快点高兴起来吧!"

米基指着手表说:"如果你能一分钟不说话,我就给你一美元,从现在开始,直到有人来。"

艾丽斯当作没听见米基的话,说:"你读过那本书吗,叫什么来着?《如何交朋友并维持友谊》?"

"你是说《如何赢取友谊并影响他人》?"

"就是这本,快去买一本来看看吧。"

艾丽斯站起来,在屋子中间做了个对太阳致敬的动作。

第十六章

十月，萨莉上三年级的时候，科学老师在班里谈论起即将来临的日食。那时距离日食真正来临还有一个月的时间。

一天早晨，萨莉在车里跟米基提起了这件事。

"日食是什么？"米基问。

"是月亮挡住了太阳，"萨莉解释道，"是历史上很罕见的现象，你们老师都没提过吗？"

米基摇了摇头。

"我敢肯定她会跟你们说的，"萨莉说，"我们都在学习日食的知识，日食出现的时候我们都在学校，会一起看的。"

"那看起来会是什么样的呢？"米基问。

"我想会是一个很大、很漂亮、闪闪发光的东西。"萨莉说。

"哦。"

两人沉默了一会儿。

"这可能是我们这辈子见过的最美的景象了。"萨莉补充道。

在他们后排,艾丽斯正在研究怎么打开从哥哥那里偷来的"超音速"音箱。

萨莉回过头看着艾丽斯,只见她按下了开启键,《我的最爱》的序曲部分从凹陷的银色喇叭里飘了出来,爵士音混着低音贝斯,号角声衬托着打击乐器。

艾丽斯坐在林恩旁边,斜对面坐着萨姆和吉米。当音乐响起时,两人从橄榄球笔记的研究中抬起头来。吉米跟着音乐打着响指,萨姆在座位上跳起了好笑的艳舞,只见他噘着嘴唇,左右摆动丰满的小屁股——毫无疑问是从电视上学的。

歌手一开唱,艾丽斯就调高了音量:"不用太费劲就能让我高兴,让我开心地笑……"林恩伴随着音乐点起头来,跟着音乐一起轻唱:"我再也不要感到悲伤,我们的爱没有秘密……"

吉米和萨姆也拍起手来,在座位上撞来撞去:"我喜欢你给我的感觉,亲爱的,整个世界看起来都……"

合唱开始时,艾丽斯从座位上站起来。她调高了音量,把音箱举过头顶,大摇大摆地走向过道的另一端,仿佛那是一条跑道。她大声唱起来:"哦,哦,你是我的最爱!哦,哦,你得到了我的爱!"车上的其他同学也都被吸引了注意力,指着艾丽斯咯咯地笑。

坐在前面的司机从后视镜里看着车后面,大声喊道:"克兰斯!"

艾丽斯忽视司机的叫喊,又唱又跳,在过道里走来走去。车子转弯的时候她不小心被绊倒了,但又飞快地站了起来。她穿着一件超大的白色男士V领T恤,裤子很短,脚踩一双锐步球鞋,黑色的篮球帽反扣在头上。跳舞的时候,又长又粗的马尾辫像根绳子似的甩前甩后。

其他同学也跟着唱起来。

艾丽斯把音量调到最高:"哦,哦,哦,哦,你得到了我最好的爱!哦,哦,哦,哦,你得到了我最好的爱!"

司机大叫道:"克兰斯,你给我坐下去!"

艾丽斯还是没理他,仍然在过道里唱着跳着,高举着音箱:"哦,哦,哦,哦,你得到了我最好的爱!哦,哦,哦,哦,你得到了我最好的爱!"其他同学也都离开了座位,跟着跳起来。这时,合唱达到了顶峰,三十个声音,充满了愉悦的尖叫、疯狂,而艾丽斯正是领头羊。

萨莉靠近米基,小声说:"她跟我们不一样。"

艾丽斯来到米基和萨莉身边,弯下腰,说:"你们还在等什么?快起来跳舞啊!"她的呼吸带着草莓口香糖的味道,脸上流着汗，黑色的双眼看起来很危险。

米基说："我不会跳舞。"他的父亲从来没有在家里放过音乐。

艾丽斯说："那就看着我，跟着我说的做。"

第十七章

　　林恩、艾萨和萨姆也陆续到达湖边度假屋。所有人都在餐厅里坐下来,还有一个空位是留给吉米的。他刚刚打电话来把到达的时间告诉了大家。一盏由天然鹿角做成的乡村风格枝形吊灯温暖地照亮了整个餐厅。木头墙壁上钉着一排架子,上面摆着从吉米小时候开始的一家人的照片、一本《圣经》、几个盆栽仙人球、一艘装在瓶子里的船,还有一个小雪球,里面装着布法罗的摩天大楼。

　　服务生端着好几大盘菜,分别拿着托盘走到每个人身边:荷兰豆配柠檬大蒜白胡椒,拌着薄荷、希腊白奶酪和橙皮的石榴沙拉,黄油蜂蜜面包卷和撒着迷迭香的烤羊肉,配芝麻菜和香蒜酱。

　　萨姆拿起一个面包卷,抹上了黄油,说:"这么有钱的人,怎么黄油里连盐都没有?"

服务生给米基、艾丽斯和克里斯倒上了酒，不过林恩、艾萨和萨姆都说他们只喝水。

艾丽斯说："萨姆，你现在是滴酒不沾吗？"说完又转向林恩和艾萨，说，"我不是说你们啊。"

萨姆拨了拨额前稀疏的金发，如果他的发际线还完整的话，这应该是个蛮有魅力的动作。他喝了一口水，说："差不多吧。"

之前萨姆拒绝喝酒的时候，米基也很惊讶，不过萨姆和艾丽斯之间的和平比他的好奇心要重要得多。他注意到萨姆不太想回答这个问题，就立刻说："如果可以的话，我也会滴酒不沾的。"

艾丽斯没理米基，转过头对萨姆说："为了减少卡路里？你在减肥？"

萨姆没有回应。

米基嘟哝起来："艾丽斯，你得了吧。"

艾丽斯看着米基，把黑色的马尾辫甩到肩膀上，说："哦，对不起啦，我的莽撞无礼是不是又冒犯到您了？那好吧，我当然可以收敛点，而你就不能不那么高傲吗？"

说完，艾丽斯又转向大家，仿佛他们都得参与一起抵抗米基的阴谋似的，说："难道我不能问一问那些不喝酒的人，到底是为什么不喝酒吗？在座的不都是朋友嘛。"接着用下巴指着左边的克里斯，说，"当然，除了你。"

艾萨举起手,说:"还有我。"

林恩说:"我不介意聊聊我为什么不喝酒,每个星期我都要跟一屋子三十个人聊这个话题。不过有些人不喜欢谈论这个话题。可能萨姆没心情聊吧,又或者是没什么好说的。"说完便随意地翻转了一下手腕,肩膀在过大的黑衬衫下面,显得很小,"又或者是他不喜欢喝红酒,更喜欢白葡萄酒。"

米基说:"又或者是因为他不喜欢在刚刚坐下用餐两秒钟后就被大家审问。"

萨姆用黄油刀搅动着水里的冰块,一副心事重重的样子。

"我们都是朋友,"艾丽斯又重复了一遍,"我们十五年都没坐在一起好好吃顿饭了,可是这并不意味着我们都得小心翼翼的,就跟教皇也坐在这桌上似的。我开十个小时的车不是来找没趣的。我可以问朋友问题,而他如果不想回答的话,也可以选择不回答。"艾丽斯转向萨姆,说,"看到你不喝酒,我很惊讶。你是想告诉我为什么,还是想叫我闭嘴?"

米基说:"我们来投个票吧。"

艾丽斯说:"好,好,好。不过我还是觉得这是个很真诚的问题,没有什么不对。"

艾萨说:"你想知道我母亲是怎么评价那些真诚的问题的吗?"

"怎么说的？"

"它们就跟放的屁一样，放出来就舒服了。不过你知道的，有时候这能熏臭整个屋子。"

大家都笑了，包括萨姆。

萨姆说："艾丽斯，我不介意你问。我不喝酒不是因为我有酗酒的问题。还有，你说得没错，我是想减肥，不过这也不是原因。"他停了下来，抿了抿嘴唇，重重地叹了口气，一只手从脖子放到了肚子上紧绷的纽扣上，又把膝盖上的餐巾抹平，说，"除了这些，现在我不想再谈论这个话题，谢谢。"说完，勉强笑了一下。

艾丽斯说："你难道是怀孕了？"

大家还没来得及反应，艾丽斯就把白色的餐巾举到空中，表示投降，双手在空中挥舞起来，仿佛在躲避隐形的武器，大声说："我在开玩笑，到此为止，到此为止。"

大家面前都摆着一个装满食物的盘子，艾丽斯说："我们来喝一杯吧。大家又聚在了一起，就敬这个。再次相聚是一件很美好、很酷的事。这么好的事，大家也就别郁闷了，虽说情况如此。好了，敬我们再次相聚。"

"敬我们再次相聚。"

"再次相聚。"

"再次来到这里,在一起。"

"再次相聚。"

大家举起酒杯,有的人已经开始用餐了,萨姆却低下头祈祷了一番。

当他再次睁开眼睛的时候,仿佛已经平静下来,顺口提起他还从来没吃过羊肉呢。

"从来没吃过?"克里斯说。

林恩说:"米基,你不是在研究做菜吗?做过羊肉吗?"

米基点了点头,说:"慢炖锅刚买回来的时候,做过焖羊腿。"

艾丽斯说:"我上次用慢炖锅煮了一只鞋子。"

"鞋子?"

克里斯大笑着说:"没错,她可没撒谎。"

米基说:"你怎么——"

林恩问:"那你吃了那只鞋子吗?"

萨姆说:"艾丽斯,你可真奇怪。"他还没开动,一直盯着眼前的餐具。他凑近艾萨,问:"我该用哪个叉子呢?"

艾萨说:"我也不知道,我用了最小的那个,因为林恩也用了那个。"说完抬头看向林恩。

林恩说:"我觉得吃沙拉用小的,吃肉用大的,不过豆子我就不知道了。我们还真得让吉米教教我们怎么过有钱人的生活。还有，那玻璃瓶里是盐吗？真奇怪，能递给我吗？"

艾丽斯说："纠正一下，那不是鞋子，而是一只靴子。"

萨姆说："快给我们说说。"

艾丽斯说："几个月前，我觉得是时候把我穿了好几年的一双靴子拿出来了。我做了很大的一锅熏咸牛肉，把肉盛了出去，就把我的靴子放进了锅里，在肥腻的汤里慢炖了六个小时。"

"结果呢？"萨姆问。

"结果芬尼可喜欢了。"克里斯说。她的酒已经喝完了，拿起艾丽斯的酒杯，喝了一口，接着说："它把整个臭烘烘的靴子都吃光了。"

艾丽斯骄傲地看着大家，把酒杯拿了回来，放在餐盘边克里斯够不着的地方。

克里斯说："艾丽斯爱芬尼比爱我还多。我们在一起这么久，她还没给我做过一顿饭呢，嘿哟。"

米基试图不去盯着克里斯看，可是那声音真的让他很烦，感觉是一种背叛！

艾丽斯吞下了嘴巴里的食物，平静地说："亲爱的，别太在意了，我爱芬尼比爱我自己还多。米基，你的猫怎么样？"

米基说："很幸福，很帅气。"

"癌症治好了？"

"治好了。"

星期五四岁的时候，肩膀上长了个恶性肿瘤，米基花了整整三个月的薪水才把肿瘤给切了，同时被切除的还有星期五左脚的爪子，癌细胞已经蔓延到了那里。

艾丽斯说："爪子切除后，你把它保留下来了吗？"

米基哼了一声，说："是的，我还把它串了起来，给星期五当玩具追着玩。"

艾丽斯瞪着他，问："你说真的？"

"当然不是了！你有病啊！"

"对不起，"艾丽斯说，"我还不知道你的幽默风格变得这么大胆。"她喝了一口酒，接着说，"你就不想把它戴在脖子上，或者放在口袋里，就跟兔子脚一样？话说，宠物医生那里有一种特别的可循环利用的小盒子，可以用来装肿瘤和爪子。如果你重视你的宠物，也就该重视那只爪子的经历。"

米基做了个鬼脸，说："你对什么事都要发表自己偏激的观点吗？"

"没错，尤其是那些我一窍不通以及和我无关的事。"艾丽斯虚张声势地说，竖起了一根手指。

艾萨大声地笑了，说："你知道吗？我还真同意你的观点。"

艾丽斯说："我们会成为很好的朋友的！"她又给自己倒了点酒，把酒瓶递了出去，然后起身从橱柜里又拿了瓶酒，得意地回头笑了。

艾丽斯回到餐桌时，萨姆正在用叉子戳面前的那块偏生的羊肉，小声说："你们说他们能帮我再做熟一点吗？我并不想冒犯厨师，可是也不喜欢吃带血的肉。"

艾丽斯切开了她那块半熟的肉，递给萨姆，说："吃我的吧，把你那块带血的肉给我。"

萨姆说："你们还记得那两个邻居坏小孩吗？皮特和谁来着，把生肉抹在枪手之家的门上。"

林恩说："没错！之前我们偷了他们的自行车链条。老天，那些家伙真是很粗暴可怕。他们当中的一个扎了个马尾辫——"

"另外一个留了一簇小胡子！"萨姆说。

艾丽斯说："后来这俩家伙怎么了？皮特和……杰克森，是吧？米基，你知道他们后来的情况吗？还在拉克万纳吗？我记得他们二年级的时候就辍学了，对吧？"

米基点了点头，说："我听说皮特因为拿刀捅了自己的奶奶进了监狱。"

"天哪！"林恩说，"真的吗？"

米基点了点头，说："好像跟牛奶有关，那时候他跟他奶奶住在一起。他奶奶买了脂肪含量百分之一的牛奶，应该买百分之二的，也可能是刚好相反。"

萨姆说："我的天啊！"

"老天！"艾丽斯说着，转向米基，"你还说我偏激……"

林恩问起萨姆的工作来。

萨姆说："到现在为止，我已经两次被评为本月最佳员工了。我们公司有三百号人，就因为我最会拍老板的马屁，不过这也没什么。公司给了我很好的奖励，什么名牌毯子啊，还有其他各种各样的东西，全都是特地为我做的。当你被评为本月最佳员工后，就会得到五十美元的奖金，还能分到自己的停车位。我的停车位紧挨着残疾人车位，靠公司的正门很近。"

米基问："教堂里一切都还好吗？"

萨姆的邮件里经常提及教堂里的活动：乘坐大车出游、一起吃冰激凌、资助委内瑞拉当地的儿童、给需要的人送免费食物、访问苏丹来的传教士。

艾丽斯微微呻吟了一声。

萨姆转向她，问："你又怎么了？"

"什么啊？"

"你发出的那个声音。"

"有吗？我是无意的。"艾丽斯说，"我正在为假装对教堂感兴趣做准备。"

"哦。"萨姆没有做出什么回应,仔细地嚼着嘴里的肉,把一小块肥肉吐在了餐巾里。"那什么,"萨姆擦了擦油油的嘴巴,继续说,"不管你相不相信,你应该会对下面这件事很感兴趣。那个做了十年牧师的人一年前买了一艘船,结果弄得一团糟。"

艾丽斯说:"哦,有好戏!他干什么了?勾引人家老婆?"

萨姆说:"确实勾引了几个。"

"真的吗?"艾丽斯说,脸上写满了兴奋,"快给我们讲讲。"

"真是弄得一团糟,"萨姆重复道,"教堂里参加戒酒会的女人都遭了殃。他等到活动结束后,就给那些女人提供单独祷告的机会,想要的人都上钩了。"

"啊,简直猪狗不如!"林恩说。

艾丽斯说:"真是个八面玲珑的白衣骑士!臭浑蛋!"

米基听见艾丽斯这么说,没了头绪。她骂人的话总是模棱两可得让人无从反驳。

萨姆切了块羊肉,说:"真的,所有人都非常震惊。最终开会决定让他下个星期天下台。"

"那他现在在干吗?"米基问。

"你们一定会喜欢下面这一段的。"萨姆喝了口水,喘着粗气,吃力地把剩余的肉切成了小块,接着说,"他在写浪漫历史小说,书里都是著名女人的老公和她们的情人。他自费出版了这本书,我和贾斯廷还在亚马逊上看到了,题目是《片叶不沾身的本·富兰克林》。"

大家全都大笑起来。

"真是太牛了!"艾丽斯说,拿着嘴巴里的一小块骨头,把上面的最后一点肉咬了下来,"你们还记得我们小时候,想写一本关于自己的书吗?在书里我们六个人都有各自的超能力。"

林恩说:"没错,我们都挑选了自己的超能力,我的是读心术。"

艾丽斯说:"我的又蠢又无聊,好像是飞翔。"说完转向米基,问,"你的是什么?"

"我不记得了。"米基说。

林恩摇着头,说:"我也不记得了。"

萨姆说:"米基,我记得你的是隐形。"

米基说:"是吗?我以为那是萨莉的。"

"不是,萨姆说得没错,"艾丽斯说,"那就是你的超能力。"

大家沉默起来,米基拿着叉子刮着面前的盘子。隐形,这些年来一直是他的最爱。他享受着随意在人间蒸发，在这个年龄看来，似乎还显得挺高贵的。

萨姆说："好了，这就是我听说的教堂里的八卦。"

艾萨问："你一直都信教吗？"

萨姆摇了摇头，说："那是……是……高中快毕业的时候。"说完便吃了一大口羊肉，似乎是希望可以就此避免回答和这个话题有关的问题。

高中毕业后，萨姆很快离开了拉克万纳，去了格鲁吉亚的一个圣经营地。米基突然好奇，萨姆究竟是什么时候、因为什么具体原因而信教的呢？这个话题似乎多少有些尴尬，有些事情是萨姆不愿透露的。

克里斯问米基："你在哪里上班？"

"在通用磨坊公司里做机器保养。"米基说。

"负责修理机器什么的？"

米基点了点头。

"有免费的麦片吗？"

"要是销量好的话，月底能分到好几盒。"

艾丽斯失去了大家的注意力，似乎变得不安起来，说："我很喜欢玉米片，虽然乳糖不耐不能喝牛奶，有时候就干吃。"

艾萨说："你不喜欢牛奶的替代品，豆浆什么的？"

艾丽斯摇了摇头,说:"不喜欢,那玩意儿喝起来就跟没味道的蜡烛一样。"

"没错,没错!"林恩喝了口水,问,"艾丽斯,你还在组织那些维护女性权利的活动吗?"

艾丽斯点了点头,说:"去年帮她们筹集齐了八千美元。说到这儿我忽然想起来了,你们大家都要记得给自己的州长写信,好吗?那些浑蛋要把我们带回二十世纪五十年代。是在得克萨斯州吗?有些女人得开个上百英里才能做堕胎手术。"她看着萨姆,说,"格鲁吉亚那边的情况也很糟糕。"

萨姆切了块羊肉,没有做出回应。

艾丽斯盯着他,鼻孔一张一合,说:"萨姆,你可别告诉我你就是他们当中的一员。你知道一年中有多少女人死于因为私下堕胎而引发的并发症吗?就因为她们得不到足够的治疗。"

萨姆慢慢地眨了眨眼,咽下了嘴里的肉,说:"不知道,艾丽斯,而且我也不是很在意这个数据。"

艾丽斯砰的一声把刀叉丢在了餐盘里,眼冒怒火,身体前倾,说:"你应该就是签迪尔协议的人中的一个吧,是不是?"

萨姆说:"迪尔是谁?"

艾丽斯把手举到空中,瞪大眼睛,脸上写满了怀疑,说:"内森·迪尔,格鲁吉亚州的州长。萨姆,就是你住的那个州,你会不知道？"

米基说："萨姆，你没有义务告诉她你给谁投的票。"

萨姆说："艾丽斯，如果能让你舒服点儿，我可以告诉你，我没有参与投票。"

林恩低着头笑起来，米基盯着盘子里的羊肉，努力不笑出来。

"那就更糟糕了！"艾丽斯大喊起来，"你知道有多少——"

林恩一边笑，一边打断了艾丽斯，说："艾丽斯，行了，别那么认真可以吗？我完全同意你的观点，不过能就此打住吗？萨姆可以有自己的观点。"

艾丽斯直了直脖子，看着大家，说："怎么了？你们都认为女权话题又影响到你们的食欲了，是吗？我很俗气，是吗？星期天晚上的，我给大家扫兴了，是时候该让我离开了。"

林恩说："那没必要，就是让你冷静冷静，你的陪伴总是……那么令人振奋。"

"你说得没错，"艾丽斯一边说，一边把辫子上散落的头发弄回去，"我很霸道吗？我哥哥最近这么说过我。我还特意去查了字典，当我看到字典里的解释时，感觉真的受伤了。"在大家还没来得及做出任何回应时，艾丽斯就重重地叹了口气，对萨姆说，"我爱你，你是知道的，对吧？"

萨姆说："艾丽斯，我们之间没事儿。"

大家沉默了一会儿。

艾丽斯黑色的双眼里充满了情绪，几杯酒下肚后，说："我是认真的，我们六岁那年就成了朋友。即使你不喝酒，不投票，我也会一直爱你。你是知道的，是吗？天哪，我不运动，也不用牙线，你知道还有什么是我不做的吗？就是把钱塞进救世军的口袋里，就算是圣诞节也不例外。我是个怪物，就像圣诞怪杰[1]那样。"

"艾丽斯，我们之间没事。"萨姆又说了一遍。

---

[1] 圣诞怪杰，美国2000年圣诞节喜剧片《圣诞怪杰》中的形象，因受不了小镇人们大肆庆祝圣诞节的盛况，而决定乔装打扮，趁机大搞破坏。

第十八章

艾丽斯看着林恩，问："对了，你的手指是什么时候出的事？"

"我想想，"林恩说，"如果我没有记错的话，应该是九年或者十年前的事了。"

艾萨拍了拍胸前的口袋，说："艾丽斯，我把林恩的手指放在了这里，走到哪里都带着，就跟兔子的脚一样。"

艾丽斯大叫起来："你这是要吓死我吗？有什么好笑的？"然后又对林恩说，"然后呢？"

林恩看着大家，说："我没有告诉过你们吗？"

米基说："我记得你说因为受伤辍学了。"

林恩点了点头，说："没错，大二那年，老师开始训练我参加高级协奏曲比赛。得奖的选手能获得一笔很高的奖金，还能去卡内基音乐厅里演奏。那时候我正在为比赛练习,一天要练上九到十个小时,时常练到深夜,有时候还会练通宵。"

林恩喝了一口水,在吊灯的照射下,她的头发闪着红色、橙色、金色和黄色的光,和那张小小的苍白的脸形成了鲜明的对比,眼睛里却没什么神。

"一天晚上在练琴室里,"林恩继续说,"我回去洗了个澡,然后又回到琴室里练琴。协奏曲第三部分的开头要用左手弹一个跨度很大的八度,"她用左手的小拇指和大拇指做了个演示,接着说,"在我把手放回琴键上的时候,就被一根两个琴键之间的针扎了。"

"琴键之间怎么会有针呢?"艾丽斯大叫起来,"天哪!"她夸张地颤抖起来,舌头从嘴角伸了出来,"吓得我的阴道都收缩不见了。"

萨姆说:"我的也是!"

米基说:"是有人故意把针放在那里的吗?想要害你?"

艾萨说:"除非你在那里上过学,不然你无法想象那里的孩子有多疯狂。"

萨姆问:"你也在那里上过学?"

艾萨点了点头,说:"我学的是爵士乐,那时候我们俩还不认识。"

艾丽斯说:"查出来是谁做的好事了吗?我非得杀了他不可!肯定是个男孩,如果是女孩的话,只会传谣言,说你跟老师上了床,对吧?"

林恩说:"在这之后,学校就在每个教室里装上了摄像头。每个人都有嫌疑。那里的学生……还有那些比赛……那不是个友好的地方。他们也没有查出到底是谁。"

"那你的手后来怎么样了?"

"一开始情况还没那么糟糕,"林恩说,"因为被针扎得很疼,我自己也给吓坏了。我跑回宿舍,把自己锁在屋子里,接下去的两天都没有再去练琴。我努力保持头脑清醒,打电话告诉学校的保安和老师这件事。一开始,我的手指似乎一天天好起来,可是几天后,情况就开始变得越来越糟糕。它开始变红,疼得厉害,渐渐又变成紫色,最后成了黑色的,指关节也开始麻木起来。直到那时,我才去看了医生。"

艾丽斯说:"是感染了吗?"

米基说:"是针有问题吗?"

林恩点了点头,说:"那天晚上,我把宿舍的门锁了起来。当学校的保安到达琴室的时候,针就不见了。"

"医生说了什么呢?"

林恩说:"他给我做了各种检测,试图找出感染的原因。可以肯定的是，那不是根普通的针……如果只是被扎了一下，过个一两天也就好了。针上有东西，大家知道有人在捣鬼，就是没能查出是谁、下了什么毒。"

"那时候你就把指头截掉了？"

林恩说："医生建议立刻做截指手术。他说如果不做手术，感染可能越来越严重，很快就会蔓延开来。到那时，我的整个身体都会得败血病，而我会因此死去。"

"所以你就做手术了？"

"没有，"林恩摇了摇头，"我走出医院，回到了宿舍，决定先看看接下去会发生什么。"

艾丽斯瞪着她，说："即使冒着会死的风险？"

林恩点了点头，说："那时候我想，如果没了手指，就成不了钢琴家了，至少成不了专业的钢琴家。死在我看来……我知道这听起来很离谱，不过我真的觉得没什么活头了。"

"啊，"艾丽斯吸了口气，说，"十个手指都齐全，就真的那么重要吗？"

"对古典乐曲弹奏家来说，是的，"林恩说，"有了十个手指，我才可以获很多奖，找到很棒的工作。"

艾丽斯说："妈的，这听起来怎么充满了歧视？是时候去法院诉讼了！"

林恩笑了，说："我的医生以为我疯了，跟我发了最后的通牒，说如果不做手术，就只有一半的机会能活过一个月。"

"那么……然后呢？"

"又过了几天，情况变得更糟糕了，蔓延的速度也加快了，而且我还发烧了。"

"是医生让你改变了想法，说服你去做手术了？"

林恩说："不是他。"

"那是什么呢？"

林恩说："我想可能是我还不想死吧。"说完喝了口水。

艾丽斯问："值吗？"

"什么值吗？"

"生命值得继续吗？生活值得你留恋吗？"

林恩说："有几年我还真不确定。"

艾丽斯说："有时候我不确定的是，活着的好处真的比坏处多吗？生活有时候就是个婊子。"

萨姆皱了皱眉毛，说："艾丽斯，我不想听你这么说话。"

"哦，你不用担心，"艾丽斯挥着手说，"我不会自杀的，尤其不会在萨莉之后，我可不想我的葬礼就这么匆匆了事。"她停顿了一会儿，说，"拜托，我是开玩笑的。"

萨姆说："我从来都猜不透你什么时候是认真的，真烦人。"

然后又对林恩说,"这么说你做手术的那会儿才多大?二十、二十一?还是独自一个人?"

林恩点了点头,说:"手术之后他们给我开了一大堆氢可酮,没多久我就上瘾了,找遍了全城的医生,让他们给我开止疼药。"

"那时候你在上班吗?"

"一直在跳槽,没有一份工作能坚持得了几个星期的。我辍学后就搬到了皇后区,在曼哈顿实在是住不起了……还有就是,要从曼哈顿坐四十五分钟地铁去哄骗一个个医生给我开药,还不如花一点点钱在我住的地方的街角买毒品。后来,我也开始卖起毒品来,因为我无法坚持工作,还得挣钱缴房租。"

"天哪,"米基轻轻地说,"林恩,我不知道事情那么糟糕。"

"那时候你还是跟我们保持联系,"艾丽斯说,"可真不容易。"

林恩勉强疲惫地笑了下,说:"我没有电脑,所以得去市立图书馆,从我家走过去要一个小时。我去那里查邮件,尽量及时地给你们回邮件……那真是一场疼痛又奢侈的游戏。"

"你们俩是什么时候认识的?"萨姆看着艾萨,问。

"我们是在皇后区的戒酒活动里认识的。"艾萨说,"那时候我也有我自己的问题。跟林恩一样,我拿了全奖上了音乐学院，却跟同学们相处得不好。大多数同学都是来自私立学校的有钱人家的孩子，我们之间不合拍。我最终还是毕业了，却每天酗酒。最后我搬去了皇后区，在一家教堂里演奏音乐，跟着就加入了戒毒戒酒会。在我第二次去参加活动时，这位就出现了。我有种似曾相识的感觉……后来得出的结论是：我们在音乐学院可能无数次地擦肩而过，就是没有真正遇见过。我发现她就是那个女孩，那个没了手指的女孩。学校里的每个人都知道这个故事。那时候，只要我们去上练习课，就会从上到下地检查钢琴，看有没有针、破碎的玻璃片或刀片……直到她伸出手之前，我都以为那只是个传说而非真实发生的事情。我努力了好久才请动她和我去喝咖啡。"

林恩说："大家都说不要和在戒毒戒酒会里认识的人约会，我只是在遵守那条规则。"

艾丽斯说："这么说你们在一起有……天啊，都八年了？"

艾萨说："艾丽斯，你可别提了，没用的……从我们第一次约会起，我就让林恩嫁给我。"

林恩抗议道："才不是呢。"

"绝对是真的。"艾萨对在座的所有人说。

林恩举起左手，调皮地摆动着被截掉的无名指周围的指头，说："所以，你求婚的时候要把戒指戴在哪里呢？"

艾萨轻柔地撩开了散落在林恩脸上的红色卷发，凑过去亲她的脸，说："这是她最喜欢的借口。"

艾丽斯对林恩说："所以为什么不结婚呢？你在害怕？就算是最坏的结果发生了，又会怎么样呢？离婚？"艾丽斯喝了一口酒，继续说，"就我的经验来说，我可以跟你保证，离婚就跟被蜜蜂蜇了一下没多大区别。"

林恩笑了。

萨姆说："你们俩在蒂姆索普当地开了一家戒毒戒酒会，是吗？"

林恩点了点头，说："即便在那么小的镇子里，可能是你能想到的最后一个跟戒毒戒酒会有关的地方，还是有很多人需要帮助。"说到这儿，林恩停了下来，又接着说，"你们大家可能不知道，我在高中的时候就开始喝酒了，不对，好像更早，十二三岁的样子。"

"可那时候我们都开始喝酒了。"艾丽斯说。

"没错，"林恩说，"不过我跟你们不同，我的需求更强烈，跟你们真的不一样。这是一种病。没多久，我就开始寻找更刺激的东西了。"

"所以我们还在上学的时候你就在嗑药了？"艾丽斯问。

林恩点了点头，说："我就从街上那些比我们大的孩子那里买,你们知道的,就是拿刀捅了奶奶的那个疯子,还有另外一个。他们其实和城里一些特别糟糕的人有往来,都是些瘾君子、辍学的人。他们身上随时带着货,后来他们有什么我就买什么,只要买得起。"

"这些我还真的一点也不知道。"米基说。

"我明白。"林恩吃了一口羊肉,接着说,"萨莉知道。"

萨姆抬起了头,说:"萨莉知道?"

"我本来不想跟你们说这些的,我知道今天这种情形已经够凄惨的了,可是这件事一直让我无法释怀……"林恩拿着餐巾擦了擦嘴巴,叹了口气,把头发夹到耳后,嘴角下垂,说,"我觉得一切都是我的错。"

萨姆问:"什么是你的错?"

"萨莉离开了我们。"

艾丽斯问:"什么意思?"

林恩说:"我一直没有告诉你们,是因为我觉得整件事都很糟糕。"

"到底怎么了?"萨姆问。

"在萨莉离开我们前的几个星期,她抓了我一个现行。"

"你在吸毒?"

"在买毒品,就在7-11便利店外面。萨莉从便利店里走出来,看见我在付钱，当时的情况一目了然。那时候，她直接离开了，晚上才又跟我提起这件事。她很担心，知道我没在做什么好事，也知道我告诉她在买烟是在说谎。谎言被当场揭穿让我起了戒心，我害怕你们一旦发现，就不再理我了……我觉得自己仿佛被逼到墙角，才突然变得很刻薄。"说到这儿，林恩摇了摇头，整个人塌陷在椅子里，仿佛一件刚洗过的衣服，又说，"我不敢相信我把她的妈妈也牵扯进来了。"

萨姆问："她妈妈怎么了？"

"你说她妈妈什么了吗？"艾丽斯问。

林恩点了点头，说："我说：'你别假装天真了，你妈是个酒鬼，你是知道的。从小到大和一个酒鬼住在一起的你根本就没资格指责我堕落，别那么大惊小怪的。'"林恩用手快速地在脸旁边扇来扇去，像是要给红透的脸降温的样子。再次开口的时候，她的声音细若游丝："后来我让她发誓，保证不把这个秘密告诉你们。我当时很恶毒，对她真的很凶，她很害怕。"

艾丽斯说："林恩，你不能这么怪自己。拜托，那时候我们都只是孩子。"

萨姆点了点头，说："没错。"

艾丽斯又说："而且科琳娜确实糟糕极了，我的天。我可不是想火上浇油，但你们今天都看见她了吗？那个可怜的女人，就跟猫的呕吐物差不了多少了。"

米基说:"别这么刻薄。"

"我知道了。"艾丽斯用手拨了拨头发,承认自己是刻薄了一点,对林恩说,"我只是想说,你说萨莉妈妈的话一点也没错。"

林恩说:"萨莉从来没有说过她妈妈的坏话,对吧?她总是很袒护她妈妈。"

萨姆说:"她很少提到她。"

米基想起来,有一次萨莉略带轻蔑地说了一件和她妈妈有关的事,可是那只是生活中最轻度的短暂观察;米基不知道这算不算得上说坏话。那一年萨莉十一二岁,在坐车去学校的路上,米基帮她背单词。背到"妄想"这个词的时候,萨莉口头拼写了这个单词,还说出了"妄想"的含义。她望着窗外沉默了一会儿,说:"我觉得我妈妈就经常这么做。"

"做什么?"米基问。

"当朗达阿姨或者奶奶来家里做客,或者我们去她们家,又或者她的男朋友们过来的时候,她会讲起其他人的故事……可是不知道为什么,她记得的故事总是错的。比如,她觉得别人对她不好,而事实上都挺好的。"萨莉想了一会儿,又说,"还有就是人家对她不好的时候,她又觉得是好的。"

然后，萨莉就沉默起来。这也许是米基听到的萨莉对她妈妈的仅有的谈论。

艾丽斯对林恩说："在萨莉离开我们之前，你们俩和好了吗？"

林恩点了点头，说："我给她道歉了。虽然我们俩之间还是有点尴尬，不过当时我觉得一切都会好的。可就在事情发生后还不到一个月，她就离开了我们，让我不得不怀疑这跟我有关。"

艾丽斯说："林恩，你就是人太好了。"

林恩说："我怎么都忘不了这件事，你们知道吗？夜里，那些零零散散的片段就出现在眼前。"她看着大家的眼睛，"还有一件事我一直不敢确定……你们觉得萨莉也在吸毒吗？一开始我也没多想，可直到她自杀……还有科琳娜，她们是一家人。有几次想毒品想得厉害了，我是说我自己的毒瘾……我也曾经在那个边缘徘徊过。"林恩的声音变得遥远模糊起来，米基想起了下午早些时候看到的林恩手臂上的疤痕。

艾丽斯问："怎么回事？"

"自我封闭，"林恩说，"如果当初是我站在大桥边，我很可能也会跳下去。我只是在猜萨莉的心理状态，是什么让她走了那最后一步。"

萨姆问米基："你最近一次遇到萨莉的时候，她看起来还健康吗？"

米基说："我从来都没靠近过，不过……也不能说她看起来不健康。"

萨姆问："那她看起来怎么样呢？"那张粉色的大脸上写满了情绪，叉子轻轻地抵在嘴唇上。

米基说："她从来都是……自己的样子。"

米基的手放在膝盖上，突然看起来和感觉上都跟死了没什么区别。

艾丽斯说："林恩，你不能因为这个就一直责怪自己，你就是因为太害怕才这么对她的。在过去的二十四小时里，我可能做过比这更糟糕的事。在开车来这里的路上，我对三个不同的司机竖了中指！要是你知道我做过的那些事，只要听一半，恐怕就要从椅子上摔下来，赶紧逃命去了。"

米基不知道艾丽斯又要胡扯什么，不过在这个时候能换个话题令他松了一口气，于是问："比如呢？"

"是啊，"林恩也轻快地问，"比如呢？"

艾丽斯说："图书馆里的拼图有一千块，我偷了其中的一小块。"

米基说："就这个？"

萨姆说："跟我们讲讲那些鸡的事，你还记得吗，六年级那会儿?"

艾丽斯看着他,说:"鸡的事?"眼神有些迷茫,不过一会儿又坏笑起来,撩开了散落在脸上的头发,"哦,那可不是我干过最坏的事,不过……"

"什么鸡的事?"艾萨问。

"你可别把我想得很坏啊。"艾丽斯从椅子里站起来,举起右手,一副宣誓的样子,说,"那时候我还小,是这些流氓,"说着还看了看大家,示意就是他们这群人,"把我教坏的。"

"有吗?"米基说。

艾丽斯咽下酒,接着说:"我的阿姨住在斯普林维尔,家里有个游泳池。有时候,我妈妈会在大热天带上我们一群人去那里游泳。别墅在很偏僻的地方,她家里还养了鸡。一天下午,我们去吃麦当劳,剩下几个鸡块没吃完。"

林恩说:"对了,我想起来了。"

艾丽斯说:"趁阿姨不注意,我就把剩下的鸡块丢进了鸡舍里。"

艾萨说:"啊?天啊,鸡把鸡块都吃了?"

艾丽斯恶心得龇牙咧嘴,点了点头。

米基说:"全都吞了下去。"

艾萨说:"你还真狠毒啊。"

林恩大笑着说:"行了,艾丽斯,这不算坏,而且那些鸡块里都没什么鸡肉。"

"唉,"艾丽斯说,"第二天,为了这件事我可难过了,于是就杀了个人,吃了下去,好体验一下那些鸡的感受。"

米基笑得停不下来。

艾丽斯看着他,说:"行了,呆子,你做过的最坏的事是什么?"

米基清了清嗓子,没接上话。他做过的最坏的事是什么呢?

艾丽斯说:"嗯?"

"我在想。"米基说。他能想起自己做过的小小的坏事,比如不值一提的怨恨、没有骂出口的脏话、沉默的愤怒、对别人的坏念想,却从来没有付诸行动。他的愤怒总是在关键时刻被压制下去。是呀,他做过的最坏的事是什么呢?让人无法原谅的事真的存在吗?

米基的思绪转了个弯,把问题反过来想:他至今做过的最好的事是什么?在朋友们生日时寄去卡片?在知道父亲可能还是更喜欢吃趣多多的情况下,把新鲜出炉的面包给父亲送过去?在感恩节和圣诞节的时候主动提出加班,好让同事们和家人一起过节?当然了,对米基来说这也是一种解脱,这样就摆脱了跟父亲一起过节的义务。这些都是微不足道的小事,对他而言根本不费吹灰之力……这中间有一件能算得上最好的事吗？有没有一件算是真正意义上的好事呢？米基突然为自己这些微不足道的好事感到沮丧，为找不出那件最好的事而烦躁。不过他很快从思绪中走了出来，回到了原先的那个问题。最坏的事，米基的脑袋里乱成了麻花，仿佛被用力拉扯去一个未知的方向，牵扯得好痛。他无法平静下来，也无法找到合适的词句。

艾丽斯说："我来猜猜……有一次……你……把床垫的标签给剪了。"

米基笑了，喝了一口酒，终于开口说："艾丽斯，看来这个问题我还得一会儿才能告诉你。"

艾丽斯说："米基，你太让我失望了。"她喝了一口酒，继续说，"你这是做的坏事太多无法选择，还是素材太少，没的选？"

"我也不知道。"米基说。

艾丽斯说："也许那件事还没有发生，你可得小心咯！"

服务生撤走了盘子，拿来了吃甜点用的银色餐具。

林恩说："我好饱。我们能不能休息一下，听听音乐，在吃甜点前消化消化？比如去别的屋子躺一会儿。我去煮咖啡。"

艾丽斯说："这样的话，那我就再吃点羊肉吧。"

米基说："我们让那些服务生回家吧，要下大雪了。"

艾丽斯又装了一盘羊肉，倒了两杯烈酒，加了些冰块，把其中一杯递给米基。

米基说:"我可能不——"

"还是不是朋友啊!"艾丽斯说,"我不喜欢一个人喝酒,除非迫不得已,不过真的很不喜欢。"

林恩拿着一壶咖啡、几个杯子和一碗糖回到了客厅。

米基看了看手机,发现了一段留言,跟大家汇报道:"吉米的飞机又晚点了,九点钟才能落地,今天晚上可能赶不回来了。看天气情况,他可能会在机场旁边的宾馆过夜,争取第二天早晨赶过来跟我们会合。"

艾丽斯说:"我早就知道!他这是在故意回避我们!"

萨姆说:"你们两位音乐家或许愿意为我们弹首曲子?"

林恩说:"这台钢琴可真不错。"

克里斯已经喝得烂醉,牙齿沾上了红酒的颜色,有点像食尸鬼。她说:"我来当主唱。"

艾丽斯说:"亲爱的,你去休息吧。"

克里斯调皮地看了看艾丽斯,说:"那我去看一下我的手机。"她摇摇晃晃地从椅子里站起来,走向了主卧室。

艾丽斯带着厌倦的表情对大家说:"相信我,没有人会想听她唱歌的。"

米基喝了一口咖啡,问:"她唱歌的声音跟说话的声音差不多吗?"

萨姆对着拳头清了清嗓子。

林恩说:"艾丽斯,她很漂亮,看起来人也很好。"

"没错,"艾丽斯说,"没错。我知道自己有时候对她很严格,我就是太严格了。"说完便喝了一口烈酒,把辫子甩到了身后。

艾萨坐到钢琴前,开始弹奏乐曲,曲调很轻柔温暖,带着些许悲伤。

萨姆问林恩:"他在弹什么?"

林恩说:"塞隆尼斯·蒙克的《午夜时分》。"

艾萨轻柔地按着琴键,穿梭于两个音域之间。他的头随着曲子摇来摇去,手指抬起又放下,轻轻地抚摸着琴键,仿佛一场缓慢又美丽的舞蹈。

米基看了艾丽斯一眼,发现她的嘴唇在颤动。

"你在哼什么?"米基问。

"我在品味这一时刻。"

艾丽斯、林恩、米基和萨姆听着音乐,好久没有出声。这时候外面一片漆黑,屋子里也暗沉沉的,只有几盏吊灯发出柔软的金色光芒,积雪照亮了落地窗,客厅远处的火苗发出了噼里啪啦的声响。

米基朝萨姆看过去，看见萨姆那张粉红色的大脸上闪烁着泪珠，他吃了一惊，伸手拍了拍萨姆的膝盖，问："你还好吧？"

"噢，"萨姆揉了揉眼睛，说，"这是贾斯廷没能跟我一起来的原因。"

"嗯？"

艾丽斯说："怎么了？"

"她流产了。"萨姆的声音失去了控制，他大哭起来。

艾丽斯从椅子上跳了起来，坐到萨姆身边，抱住了他的脖子。萨姆把头靠在艾丽斯的头上，抽泣了好一会儿，然后哽咽道："这么多年，我们一直在努力。这次都已经九个星期了，医生说都有一个豆豆那么大了。贾斯廷很肯定这是个女孩，我们给她起名叫邦妮。"

艾丽斯轻抚着萨姆的背。

萨姆再次抽泣起来："我们本来想亲自把这个好消息告诉你们……"他吸了一口气，擦了擦眼睛，继续说，"艾丽斯，这就是我不愿意听到……并不是因为我不同意你的观点，真的是太难了……"

艾丽斯说："我明白。"

萨姆用手背擦了擦眼睛，把艾丽斯的头发从自己的脸上拿开，就像拿走一张脏纸巾似的，一副不想碰到的样子。"我们努力怀孕的时候,"萨姆说,"贾斯廷觉得我不应该再喝酒了,这样对怀孕有好处。有个医生告诉她,身体干净的话能提高精子的质量。"

"这就是你戒酒的原因?"

萨姆点了点头,说:"等她怀孕了,我还是坚持不再喝酒,心想这样会让她舒服点儿。现在看来也无所谓了,我觉得她短期内也不会再做出任何尝试了,不过我觉得还是应该坚持下去。我应该早点跟你们解释清楚的。"

艾丽斯点了点头,说:"我懂了,刚才让你那么伤心,真是对不起。"她抓着萨姆的手,在手背上飞快地亲了五下。

萨姆说:"我原本不打算来参加葬礼的,不过贾斯廷坚持让我来,她现在待在姐姐家。"

米基说:"萨姆,听到这些我真的很难过。"

"一切都会好的。"萨姆沉沉地叹了一口气。

林恩点了点头,说:"一定会好的。"

艾丽斯问:"我们能做点什么吗?"

萨姆摇了摇头,说:"命中注定该来的总会来的。"

林恩说:"到时候,你一定会成为一个非常优秀的父亲。"

艾丽斯又亲了亲萨姆的手,拉过他的手放在了自己的膝盖上,萨姆把头靠在艾丽斯的肩膀上。

大家听着艾萨的钢琴演奏,好久没有说话。

出乎意料的是,米基竟然想到了父亲。他仍然对母亲一无所知,甚至不知道她是否还活着,他很想知道三十一年前到底是个什么情况。米基试图想象,母亲是如何告诉父亲自己期待已久的事情来临了,还有父亲当时又是什么样的反应。米基从来没有看见父亲开心过,无法想象父亲对自己能有萨姆对豆豆大小的邦妮的感情——爱得那么深,失去得那么痛。米基猜想也许他的父亲从未想成为一个父亲;又或者,父亲曾经就像萨姆一样,完完全全地爱上了豆子大小的米基,可是爱最终跟着米基的母亲一起消失了;又或者随着时间的推移,那份爱变得越来越少,慢慢地漏空了。无论过程是怎样的,现在看来,父亲成了一个对自己已经成年的儿子毫无感情的人,看见儿子就和看见天气播报员没什么区别。他们之间曾经有过感情吗?米基更希望和父亲曾经有过一个明确的了断。如果他能把问题归结到一件确定的事情上,对他来说会简单一些,比如一场特别的活动,一次大打出手,一个具体、可恶的行为,或者是确诊的酗酒、抑郁症,又或是纯粹的视而不见。可是米基说不出具体的原因。

艾丽斯离开了座位,在房间中间做了一个瑜伽动作。

萨姆的声音打断了米基的思绪,他说:"我还有一件事要跟你们说。"

米基发现萨姆的身体蜷缩起来，脸上布满了黑暗和忧愁的情绪。

"本来我是打算等吉米回来再说的，可是……"萨姆挠了挠下巴，抬起头，咽了一下口水，喉结一上一下，最后还理了理那头金发。

艾丽斯做完瑜伽，喘着气回到了沙发上，把双手挤进坚实的大腿间摩擦。

萨姆说："林恩，在萨莉离开我们之前的几个星期，你们之间发生的事……可能是她离开我们的原因之一，不过我担心我的情况会更糟糕，我害怕我的……那个……有时候我担心贾斯廷的流产，还有我们怎么都怀不上孩子……有时候我真的害怕这些事是对我的惩罚。"

米基盯着萨姆。

艾丽斯问："到底怎么了？"

萨姆说："艾丽斯，你不是问米基做过的最坏的事是什么吗？那个……"萨姆的嘴里吐出一股难闻的热气，仿佛接下来他要说的话已经在酸酸的胃里酝酿得太久了。他说："我做过的最坏的事，是对萨莉。她是因为我才离开大家的。"

第十九章

"我很久以前就爱上了萨莉,"萨姆解释道,"从六岁到十六岁。到了最后……"他突然停了下来,慢慢地摇了摇头,接着说,"最后我想,我爱了她这么多年,那么久、那么难,这就意味着我应该得到她。"说到"得到"这个词的时候,萨姆的脸庞抽动了一下。

他的手放在大肚子前面,按响了指关节,继续说:"她十六岁生日的那个晚上,我给她买了个礼物,打算去她家,告诉她我爱她。一切都安排好了。"

米基瞥了一眼艾丽斯,她的手指穿过发梢,辫子缠绕在突出的指关节上。

萨姆又说:"我到了她家,从窗户里看见她跟另外一个人在一起,而那个人也在她的床上。"然后他看着艾丽斯,说,"你应该还记得吧,那天晚上我去了枪手之家,你后来也来了,发现我在那里,我告诉了你发生的事情。那天,我妒火焚身,浑浑噩噩的。"说完又看着米基,说,"我一开始以为是你……后来才意识到只可能是吉米。"

林恩问:"吉米和萨莉在一起?"

萨姆点了点头,说:"可不止这一次……有一回我发现她在吉米家过夜,就在他们家的地下室里……我一直努力地忽视这些小事,说服我自己不是这么回事,可是那晚我看见她跟另一个人在床上就证明了一切。第二天放学的路上,我拦下了萨莉,把她堵在了墙角边,告诉她我知道她和吉米之间的事,我什么都看见了。一开始我努力地掩饰自己爱上她的事实,假装为他们偷偷摸摸的行为生气。可后来我还是爆发了,我告诉她我爱她,她是伤我伤得最重的人。"

"萨莉说什么了?"

"她哭了,求我冷静下来,说'我不知道你爱我,而且从来没有想过要伤害你'。她说她会竭尽所有让事情平息下来,可是不想让其他人知道我看到的情景,因为她不想我们因此而分道扬镳。"萨姆摸了摸鬓角,继续说,"我们当时就在她家,她妈妈不在,我再次把她推向墙角,按在了墙上。"

萨姆的声音在发抖,他紧闭双眼,仿佛坐在一辆刹车失灵的车里,正在等待撞车的瞬间,说:"我抓着她的肩膀,我们……我……我让她亲我。"

米基突然感觉到一股热血从脚底蹿到头顶。

萨姆继续激动地说:"我摸了她的胸,隔着衬衫,可是……"

米基看向了别处,当他又转向萨姆时,发现萨姆的脸上全是泪水混着鼻涕,他感到一阵恶心。

"当我的嘴唇碰到她的嘴唇时,"萨姆说,"我只尝到了咸咸的泪水。我立刻松开了她,后退了几步。我知道自己错了,我从来就不配得到她,她也没有欠我任何东西,就算一个吻也没有。我求她原谅我,告诉她如果她想跟吉米在一起,就应该和吉米在一起,我还说再也不会去找她了。"萨姆停了下来,低头看着膝盖,"我不敢看你们的眼睛。"他轻声说,几滴眼泪落在了大肚子上,打湿了白衬衫,看起来像是溅在上面的油滴。他的整个身体蜷曲起来,仿佛一条蠕虫,发出空洞的声音。

林恩说:"萨姆,这没什么,你很快就住手了,没有再进行下去,不是吗?"

萨姆点了点头,用力吸了一下鼻子,手托着太阳穴,说:"当时她就原谅了我。我不值得被原谅,可是她说没关系,我也不用不理她。她说不想让任何一个人知道刚刚发生的那一幕,因为不想让事情发生任何变化。"说完他又叽叽咕咕地抽泣起来。

林恩说:"萨姆,这没什么。"

艾丽斯说:"没错,这没什么。"语气里带着安慰。

米基觉得自己也应该安慰萨姆,也就出于礼貌地安抚了他,可那些话并不是发自内心的。

萨姆使劲揉着眼窝,像是要把它们都擦干净似的。

林恩问:"这就是你信教的原因?"

"我信教并不是因为相信主,而是我想逃离拉克万纳,逃离我的家,还有你们。我应聘了格鲁吉亚一家圣经营地的职位,这是我在报纸上看见的第一个应聘广告。"

林恩问:"你在那里找到一直追寻的东西了吗?"

"什么也清洗不了我的羞耻。不管我读了多少《圣经》,听了多少布道,就是无法原谅自己,即便萨莉说她已经原谅我了。每次一想到这件事,我的心就会揪起来,久久无法入睡。这件事仍然让我觉得自己是个没有希望的废物,它始终在惩罚我的生活。就像我说的,有时候,我在想,我们一直怀不上孩子……还有流产……"萨姆的声音越来越小,嘟囔起来。

米基试图去适应下面的这几个画面:十六岁的萨姆把他的大嘴强行贴在了萨莉的小嘴上,把大手伸出去摸萨莉小小的胸部;九岁的萨姆不惜一切去逗乐他人,把内裤套在头上逗大家笑,一副可怜的样子,只为了得到他人的肯定;眼前三十一岁的萨姆,仍然被记忆纠缠,坚信自己是个毫无希望的废物,相信自己会得到应有的惩罚。米基还没有做好安慰萨姆的准备,也没有想好责怪他的词句,只希望这件事永远不要玷污他们的友情。即便如此,他也还是说不出什么好听的话来。

萨姆悲伤地看着米基,说:"你知道的,对不对?我是说我和萨莉的这件事。"

米基突然抬起头来,说:"什么?不,这是我第一次听说。"

"真的吗?"萨姆扬起一边的眉毛,盯着米基说,"我以为你知道呢……可能是我看错了吧。"

"什么?"米基皱起眉毛看着萨姆,等待他的解释。

"那件事过去几天后,"萨姆说,"一天晚上,我看见她从你家出来,一副偷偷摸摸不想被人看见的样子。从脸上的表情来看,她好像刚刚哭过。我猜她把我们之间的事告诉你了,你们两个关系一直很好。除了这个,我想不出她去你家还有别的什么理由……"

米基说:"这么多年来,从小时候起,萨莉就从来没去过我家。上中学的时候,还有在那以前,我们都只在枪手之家碰面。我父亲不喜欢别人到家里来。"米基闭上眼睛,沉思起来,也许是自己忘了什么。最后他睁开眼睛,肯定地说:"没有,她没有去过我家,你肯定是搞错了。"

萨姆擦掉了脸上的汗水，说："这么多年来，我真的以为你知道那件事，只是出于好心才没有和我断了往来。"

"不，"米基摇着头说，"我不知道。"就在他要说出"如果我知道，我会和你断了来往"的那一瞬间，又把话咽了回去。

对于萨姆的猜想，米基感到很生气。他气的是萨姆就这么自说自话地跟自己讲和了，连问都没问清楚。他飞快地喝下了杯子里的烈酒，盯着远处的墙壁，好借此避开大家的眼睛。他紧绷下颌，用力咬紧牙齿，上牙床跟下牙床就像用水泥浇筑起来似的。他感觉到了气愤、恼怒、绝情、恶心，只想跟萨姆好好打上一架。

林恩的一声咳嗽打破了屋子里漫长、尴尬的宁静，她问起萨姆教堂里的事情来。

萨姆说："信仰给了我很多帮助，帮我改好了脾气，给了我希望，教我做一个我原先永远都成不了的好人和好丈夫。我知道你们会觉得这些教堂里的事情很奇怪，不过相信我，我还没能成为什么圣人。"

艾丽斯说："你知道我奶奶在临死前说了什么吗？那是她最后的遗言。"

"什么？"

"有一个牧师来到她的床前，开始念《圣经》。奶奶一副不耐烦的样子，看了看四周，问这个人是谁，为什么在这里给她念

《圣经》。我父亲说这是牧师,能在奶奶害怕的时候给她带来平静安宁,是来帮助她的人。你们知道我奶奶说什么吗?她说:'没错,死亡是有点可怕,不过生活才是个真正的婊子。'说完就闭上眼睛咽了气。"

林恩笑了起来,问:"这真是她最后的遗言?"

艾丽斯点了点头,说:"牧师沉默了一会儿,看了看四周说:'你们知道吗?我完全同意她的看法。'我要说的是,对于有些事情,我们的看法都是一致的。"

艾丽斯喝了一口酒,摊开一张放在沙发上的毯子,铺在了腿上,说:"听着,今天我已经跟米基讲过了,本来没打算告诉你们的,因为我没想到我们都跟这件事有关。萨姆,你有权知道,我就是那天晚上在萨莉床上的那个人。"

林恩说:"你是说你在那里过夜了?"

"哈哈!"艾丽斯突然大笑起来,"不好意思啊,不对,我和萨莉在一起,有性关系。"

林恩和萨姆都瞪大双眼看着她。

萨姆张开嘴,问:"萨莉是同性恋吗?"

艾丽斯说:"在你看到我们的那晚之前,我们已经在一起一年了。"

萨姆说:"但是那天晚上你在枪手之家……我们还聊过……"

艾丽斯点了点头,说:"我不想让任何人知道。"

萨姆眨了眨眼,问:"萨莉跟你提过第二天发生的事吗?那个吻,还有其他事。"

艾丽斯摇了摇头,说:"她一个字也没提,我知道你以为是吉米和萨莉在一起,不过后来的几天什么事也没发生,我以为你决定就此罢手。我不知道你去找过她,她没有告诉过我。"

萨姆挠了挠下巴,仍旧是一副受到惊吓的表情:"这么说……哇……你们最后是怎么分手的?"

林恩说:"还有什么时候?"

艾丽斯说:"我们从来没有正式分过手。我和你们在同一时刻失去了她。"

屋子里安静了一会儿,艾丽斯拔掉了毛毯上的一根线头。

米基说:"看来萨莉对我们的了解比我们对彼此的了解要多。"

萨姆点了点头,说:"我猜她也许以为这样做就能保护我们之间的关系。"

"又或是保护我们自己。"

林恩说:"我想知道吉米现在怎么样了。"

艾丽斯看向米基,问:"所以你最深、最黑暗的秘密是什么?"

米基沉默了一会儿，艾丽斯换了一种方式提问："有什么是只有萨莉知道，而我们都不知道的？"

米基说："我想不出来。"

"一个秘密也没有？"

"嗯。"

"真可惜。"艾丽斯说着，又给自己和米基倒了一杯酒，"你又让我失望了。"

萨姆说："我还有一个秘密。"

艾丽斯说："拜托了，你别再讲什么秘密了，我的天。到底是什么秘密？你把从墓地里偷来的花送给了你老婆？我就知道！我就知道是这样的！"

萨姆笑了，说："这次是个好秘密。贾斯廷让我戒酒的时候……我的一个哥们儿……那个……不说了，重点是，我会时不时吸点大麻，烟已经卷好了，就在车里。有没有想加入的？"然后看着林恩，"如果你不介意的话。"

"不会，"林恩说，"大麻是唯一不会给我带来麻烦的毒品，你们尽情享受吧。"

萨姆走向他的车，艾丽斯起身去主卧看克里斯，林恩来到艾萨身边，在琴凳上坐了下来。艾萨往旁边挪了挪，给林恩腾出了位子。她把头靠在他的手臂上，他身体前倾，在林恩头上亲了一口。艾萨降了两个八度,林恩用右手轻柔地随性弹奏起来。

艾丽斯回来了,下巴上有一小坨白色的乳霜。

米基说:"你下巴上有……"

艾丽斯说:"是过氧化苯甲酰,笨蛋!"说完盯着米基看了一会儿,"你不知道……治青春痘的?"

米基说:"啊。"

艾丽斯说:"我再去拿些酒来,你也再喝点吧,要冰块吗?"

米基点了点头,低头盯着面前空空的杯子。咖啡壶里还有一半咖啡,冒着热气。他给自己倒了杯咖啡,说:"能给我拿些牛奶来吗?"

艾丽斯说:"没问题,再给小王子拿些牛奶来。"

从厨房里回来的时候,艾丽斯一手拿着装满冰块的托盘,一手拿着一瓶烈酒,把东西都放在了咖啡桌上。

米基问:"我的牛奶呢?"

艾丽斯弯下腰,下巴就在冒着热气的咖啡杯上面,张开嘴,牛奶从她的嘴里流了出来,落进了米基的咖啡里。她笑了,嘴唇成了白色。

米基瞪着她,说:"你变态,真变态。"

艾丽斯的下巴上还滴着牛奶,她大笑着说:"我又没有三只手,你说该怎么办?"

米基把杯子往旁边推了推。

艾丽斯用袖子擦去了嘴唇和下巴上的牛奶，跑回厨房的时候还在咯咯地笑个不停。然后，她拿着一个干净的杯子和一瓶牛奶回来了。

艾丽斯说："别生气，我就是想让气氛变得轻松些，瞧你气得那样子。"

艾丽斯把冰块加入到两个杯子里，在冰块上倒了点酒，说："有你真好。"米基不确定她指的是酒还是自己，也就没有回复。

萨姆回到了屋子里，头发上沾着雪花，手里拿着卷烟和一个打火机。他的脸蛋被冻成了明亮的粉红色，身上透着寒意。

萨姆在艾丽斯旁边坐了下来，点着香烟，狠狠地吸了一大口。烟头闪烁着橙色的光，一团浓浓的烟雾从萨姆嘴里飘了出来。萨姆把烟递给艾丽斯，艾丽斯抽了一口，又递给了米基。自从上高中以来，米基就再也没抽过大麻。他猛吸一口，接着就是一阵咳嗽，米基感觉很热，很不舒服，就把烟递给了萨姆，躺进了沙发里。

很快，米基就发现自己的肺部有了新的变化。他花了平时两倍的时间才把肺里的气吐干净。一股暖流涌进了他的眼窝。他盯着房间里的落地窗、黑色的天空和结了冰的湖面。眼前这些事物的颜色让他咯咯地笑了起来。他的肌肉伸展开来，很温暖，仿佛有人打开了照亮这个世界的光，放慢了时间的速度。米基又笑了起来，盯着拿着卷烟的艾丽斯，只见她整个人都被闪亮的彩虹光照耀着，米基久久不愿将视线挪开。

艾丽斯把烟递给米基，米基用从未有过的低沉厚重的声音说："不用了，不用了。"

艾丽斯笑了，米基的声音听起来就像交响曲。

米基也笑了，看着艾丽斯和萨姆来回传递着卷烟。他对萨姆的愤恨也消退了些许。要是林恩和艾丽斯都能原谅萨姆对萨莉的越轨行为，米基相信自己也能原谅他。

他凝视着艾丽斯，只见她正在咀嚼着酒里的冰块。她冲米基眨了眨眼睛，米基也眨了眨眼。萨姆坐在艾丽斯旁边，斜着身子团坐在皮沙发的接缝处，闭着眼睛，脸上的笑容很安详。林恩和艾萨继续轻柔地弹着琴，林恩把头靠在艾萨的肩膀上。米基闭上眼睛，听着音乐，感觉到一股深沉的暖流在朋友间蔓延开来。这曲子是他听过的最仁慈、最美好、最华丽的音乐了。他感觉自己进入了一个人美丽的梦境中，那梦境是如此美好，自己根本不配进入其中。

第二十章

　　萨姆终于动弹起来,两只眼睛依次睁开,他舔了舔舌头:"好东西。"说完,慢慢地眨了眨眼睛,拨乱了头发。

　　艾丽斯做了个斗鸡眼的鬼脸,说:"没错,精神紧张的先生,这玩意儿跟以前的还真不一样。"

　　米基伸手去拿酒杯,酒的凉意和烈性又让他清醒过来,大麻的药性也慢慢减退了。

　　萨姆说:"艾萨呢?"

　　米基说:"睡觉去了。"

　　林恩还坐在钢琴前,尽情地自由发挥。

　　"几点了?"萨姆问。

　　米基看了看手表,说:"十点半。"

　　萨姆说:"我把蛋糕带到房间里去吃,吉米回来了记得叫醒我。"

艾丽斯和萨姆一起走向厨房,萨姆上了楼,艾丽斯拿着一份苹果派回到了客厅,还有一罐香草鲜奶油、盘子和刀叉。林恩也坐进了沙发里,加入艾丽斯和米基,三个人一起吃起蛋糕来。

"有吉米的消息吗?"林恩问。

艾丽斯和米基都检查了一下手机,摇了摇头。

"妈的,"林恩说,"我希望他明天一大早能赶回来,要是错过了就太可惜了。"

这会儿米基清醒了,又对萨姆和萨莉的事情不满起来,那个画面就快变成他脑海中新的恐怖片了,好想把它从脑袋里过滤掉。

他看着艾丽斯,说:"我不是想纠结没有意义的事,不过你们究竟怎么看待萨姆告诉我们的那件事?你们还在想着吗?你们……能接受?"

艾丽斯咕哝道:"接受?当然不,不不不,可是……"她沉默了一会儿接着说,"我们又能怎么样呢?把他驱逐出门?"

米基说:"可是你们刚才立刻给他……"米基没把话说完,不确定自己到底要问什么,也不想让自己听起来很小气。

林恩补充道:"安慰?"

米基说:"不是说他不配得到安慰,只是那一刻,我的第一反应不是安慰他。"

艾丽斯说:"这么多年来,人们对我都很慷慨,我觉得自己并不配得到那样的慷慨,我很了解我自己。所以只要可以,我就会慷慨地对待他人,算是一种回报吧。至于萨姆,那家伙分明就已经饱受煎熬。"

米基点了点头。

林恩说:"我觉得在那一刻,他很需要我们的安慰。很明显,他已经非常愧疚了,那件事仍然让他心痛,而且他已经改正错误了。也就是说……我真的很讨厌'原谅并不意味着遗忘'这样的话,可是……"林恩斟酌了一下语句,接着说,"我只是觉得,这不是那种'一旦知道了,就不会再理那个人了'的事。你们知道我是什么意思吗?我可不是苛刻。"

艾丽斯点了点头,说:"没错,只需要短短几秒钟就可以影响别人对你一生的看法,真是太可怕了。你们明白我在说什么吗?在某些情况下,我们的想法转变得非常快。而一旦想法形成了,就很难改变。"

听上去艾丽斯对这个话题有着深刻的见解,米基再次想到了她的前夫,很想知道艾丽斯对圣徒的态度是不是在一个瞬间改变的,又是什么导致了那样的结局?

林恩说:"我就有过类似的经历,很久以前的事了,不过还是……一想起来就会不安。艾丽斯,就跟你说得一模一样。"

"快说说。"

林恩说:"在受伤前,好像是大二那年,我跟一个男生谈恋爱。有一天,我们和一群朋友出去吃便宜的中餐,我坐在他旁边。结账时大家决定各付各的,于是他就建议让每个人都看一下账单,估算一下自己要付多少钱。还说等大家把钱都拿出来了,他来负责数钱。我发誓我并没有故意去留意,就是注意到了而已,我的那位男朋友没有出钱。"

艾丽斯说:"他一分钱都没出?"

"没有,"林恩摇了摇头,说,"他数完钱,不用说也知道,钱不够。后来有几个人,包括我自己,勉勉强强又丢了几美元进去。"

"你什么也没说?"

"我倒是希望我说了,"林恩说,"可是如果我没看错的话,他会在大家面前很尴尬的,而且我的确有那么一点点的不确定。也可能是他付了钱,而我没有看到。"

米基说:"又或者说他不是故意的?他以为自己交了,记错了?"

"没错,这就是我没有说的原因,"林恩说,"有可能我的猜想都是错的,他的确不是故意的。尽管如此,艾丽斯,也就跟你说的一样,我对他的看法在那一瞬间发生了变化,刹那间他在我心中的印象就发生了翻天覆地的变化。"

艾丽斯问:"你和他分手了吗?"

林恩说:"这个嘛,也算是个欢喜大结局吧。我并没有马上跟他分手,我们甚至从未讨论过那件事。我就是不太善于面对冲突。有那么几天,我尽了自己最大的努力去理性地看待那件事,试图重新理解他的行为……尽管最后,我还是无法说服自己。事实是:在可以逃脱的情况下,他就是一个不愿意出自己该出的份子钱的人。说到底,这种人本质上就是一坨臭狗屎。"

"嗯,没错,"米基说,"他这事做得真不要脸。"

艾丽斯问:"那个欢喜大结局在哪儿呢?"

"哦,对了,"林恩说,"几个星期后,我编了一个很屁的借口跟他分手了。我说要把音乐放在首位,多花时间来练琴之类的。后来我才发现他早就背着我和一个歌手好上了,是个女高音,真是奇耻大辱。"

米基笑了,问:"这就算奇耻大辱吗?"

林恩点了点头,头发像弹簧似的弹跳起来。

艾丽斯说:"亲爱的,你这是躲过一劫。"

林恩说:"我这是躲过了一个骗子。不过事到如今,我还是不确定中餐馆里发生的那件事。他有可能是故意的,也有可能是我看错了,就是那一瞬间改变了我对那家伙的所有看法。黑白颠倒，由好变坏。"

"可是……他就是个骗子，谁在乎呢？"艾丽斯说。

"我想说的是，这吓到我了，"林恩说，"一想到这么多年来我做过的事，有可能让别人相信或者确定我是个坏人，就在心跳的那一瞬间。天哪，我们是怎么聊到这个话题上来的？"林恩拿起装着蛋糕的碗，搅动了几下融化的冰激凌，吃了一口，"不过我就是个坏人，你们都知道的。"

米基大笑，说："你才不是坏人呢！"

林恩说："你是我的朋友才这么说的。朋友就该这样，不是吗？明明不对也要说成对的。现在，我知道我们是怎么说到这个话题上来的了，因为萨姆。"

米基说："我相信事情也可能朝另一个方向发展。"

"怎么说？"

"一个人从坏变好也只需要一刹那。我曾经很讨厌一个同事，他一直抱怨自己比别人努力工作，嫌赚钱赚得太少。这唠叨听得我耳朵都疼了。有一次我在超市里遇见他，就排在他后面，他没看见我。我看见了他买的东西：一盒拉面和一袋最棒的狗粮。狗粮是有机的，里面真的有鸡肉。总共就这两样东西。他数着零钱，终于凑够所有的钱结账，然后就离开了。他给狗买的粮食的价钱是给自己买的食物的两倍。这让我……那个，就像你说的，从此之后我就改变了对他的看法。"

艾丽斯说:"你说得没错，那确实是个好男人。"她喝了一口酒，指尖有节奏地敲击着酒杯，过了一会儿，对林恩说，"我还有一个问题要问你。"

"哦?"林恩嘴里塞满了白色的冰激凌。

艾丽斯说:"你跟艾萨在一起都八年了，怎么就不跟那位好好先生结婚呢?他那么想娶你，你这个坏蛋。"

"哦。"林恩笑了，吞下了冰激凌。

艾丽斯问:"你在等什么?"

林恩拨开了脸上的红色卷发，说:"你什么时候关心起婚姻这个话题来了?"

艾丽斯说:"我没有。"说着便拿起酒杯慢慢地旋转起来，冰块敲击着杯子，"也就只关心你的婚姻而已。"

"为什么?"林恩问。

艾丽斯说:"因为我喜欢参加婚礼啊!"

林恩笑了。

米基说:"果然还是为了你自己。"说完跟艾丽斯碰了个杯。

林恩沉默了一会儿，说:"我想是我身体里的一部分还没有想安定下来吧。跟艾萨还有我们的生活没有关系，是跟从前有关。"说着叹了口气，解释道，"我和我的过去有一种不健康的关系。"

"我也一样。"艾丽斯说。

"我也是。"米基说。

"可是这又跟结婚有什么关系呢?"艾丽斯问。

林恩又吃了一口蛋糕,说:"这也许就是个借口吧,不过我觉得长大后遇到的很多问题都跟萨莉离开了我们有关。如果我深究到问题的核心,就会觉得有些东西在我上大学之前,在手指受伤前,在我还没变成瘾君子前就变了。很久以前,我的内心就变得黑暗起来。"林恩用餐巾擦了擦嘴,"我想说的是,当萨莉离开我们的时候,我的内心就发生了变化。"

米基点了点头,说:"我也是。"

艾丽斯说:"我也一样。"

林恩继续说:"萨莉让我了解到一些我并不想知道的和人有关的事情。"

艾丽斯说:"什么呢?"

"人是会消失的,"林恩说,"就在你的眼前消失不见。而且你永远也无法得知其中的原因,只能眼睁睁看着她离开。"

艾丽斯把手放到林恩的膝盖上,说:"你是害怕你爱的人会消失不见?"

林恩点了点头。

三个人沉默起来。

过了一会儿,艾丽斯问米基:"你呢?"

"什么?"

"害怕消失不见吗?"

"不一定,"米基说,"不过我希望有个人能帮我喂猫。"

林恩笑了起来。

"我是说别人消失,"艾丽斯纠正了问题,"那些你爱的人。"

"当然了。"米基想起了一些不愉快的事情。

他拿起蛋糕散落下来的脆皮,吃了起来。

艾丽斯说:"林恩,事情还没有到最坏的程度,至少你没有因为萨莉而跟一个圣徒那样的人结婚。"

"怎么说?"

"那时候我的心碎了。"艾丽斯说,"在上了大学,离开家几年后还没有完全愈合。这时候我遇到一个在我看来还挺聪明,听了我那些愚蠢的笑话会笑的人……那时候我就像一只因悲伤而脱水的小狗。这是在跟萨莉分开后我拥有的第一段爱情。我太渴望爱了,渴望他人的肯定。"说完她摇了摇头,想起这样的自己就觉得恶心。

米基问:"这么说你从来就没有爱上过他?这是你们很快就分

手的原因?"

艾丽斯没好气地看着他,说:"侦探先生,今天的故事到此为止。"

林恩大声说:"我要去睡觉了,要是吉米回来了,记得叫醒我。"

芬尼在火堆前走来走去,艾丽斯对米基说:"芬尼要撒尿,你要不要也一起出去走一圈?"

艾丽斯抓起酒瓶,两人穿好衣服。艾丽斯从克里斯的黑皮衣里掏出手套递给米基,因为米基没有自己的手套。手套有点紧,不过还是戴上了。米基穿上外套,艾丽斯把夹克套在了毛衣外,拉上了拉链。她也从夹克口袋里拿出手套,戴在了手上。

艾丽斯说:"我就只有这件夹克,你觉得萨姆会介意吗?"说着朝萨姆那件硕大的蓝色外套点了点头。

米基说:"不会的。"

艾丽斯穿上了萨姆的外套,说:"上帝啊,竟然不大也不小,太令人难过了。我们走吧。"

接着从包里拿出了一小袋骨头形状的饼干,两人就一起从侧门走了出去。艾丽斯粗略地打量着四周:南边是浓密的树林,北边闪着星星点点的光,西边是结冰的湖面。她朝西边点了点头,问:"想不想去沙滩看看?"

"好的。"

芬尼走得很慢，开心地嗅着地上的雪，脸上挂着一种奇怪的笑容，蓝色的眼睛闪闪发光。

艾丽斯和米基在雪地里慢慢地前进。艾丽斯旋开酒瓶的瓶盖，喝了一口，递给了米基。米基也喝了一口，酒的热量瞬间传遍了整个身体。

艾丽斯说："在你的生命里有没有一位特别的女士？你从来没有在邮件里提起过这类话题，不过我总觉得你是害羞才不说的。"

米基笑了，说："才不是呢。"他想借某个笑话来转移话题，可是一个笑话也想不起来，于是就又说了一遍"不是的"。他的眼镜上起了一层雾。米基把眼镜取了下来，用指尖擦拭着镜片。

艾丽斯问："你有什么问题吗？在吸毒吗？"

"什么？"

艾丽斯停了一会儿，然后走到米基前面，拦住了他。透过米基起雾的镜片，她盯着他的眼睛，说："米基，你像是……我可从来不轻易说这些话……你算是我认识的所有人中最棒的人，也是我最爱的人。"

"谢谢，你本来是想告诉我我有什么问题，对吗？"

"你怎么不谈恋爱，也不约会呢？"

"我约过会，"米基说，"可就是、就是不搭。"

艾丽斯往后退了一步，望着他们面前结冰的湖面。挂在头顶上的月亮很圆，发出灰色的光。除了酒精带来的舒服和温暖，米基还能隐约感觉到大麻残留的效果——整个世界看起来还是有些奇怪，有些缓慢。从空中落下来的雪花很大、很慵懒，也很有趣。每次呼气，从鼻孔里飘出来的白雾宛如一个奇迹。空中挂满了星星，远处的火车轰鸣。

艾丽斯问："你是处男吗？我不会笑话你的。"

"艾丽斯，你就让我安静安静吧。"

"等一下……是真的吗？"

"我麻烦你闭嘴。"

"我不是在开玩笑。是……真的吗？"

"谢谢，"米基说，"你可真能替别人着想。"

艾丽斯走向米基，在离米基很近的地方停了下来，把酒瓶插进了雪地里。然后她又站起来，双手抓起米基的右手，把克里斯的手套脱了下来，丢进了雪地里。现在，她握着米基的手。

艾丽斯说："把眼睛闭上，假装我不是我。"

米基闭上了眼睛，不过很难把站在面前的艾丽斯想象成别人。

艾丽斯抓着米基的手，没有去解开萨姆的外套和自己的马甲，而是把米基的手塞进了自己的衣服里，伸向了软软的肚子，又挪到了胸罩下面，放在了左边的乳房上。米基突然感觉心跳加速，艾丽斯的胸很丰满，也很轻盈、温暖，能摸到一层鸡皮疙瘩。接着，艾丽斯把嘴巴贴到了米基的嘴巴上，舌头轻轻地伸进了米基的嘴里，带着一股酒味儿，品起来粗狂、可怕，又很舒服。接着，艾丽斯把手放在了米基的裤裆上，在裤子外面摸起来。米基全身上下都紧绷起来，血管险些炸裂。

艾丽斯的嘴唇挪到了米基的耳朵上，轻轻地舔着，她的呼吸很暖和，令人发痒，然后又回到了米基的嘴巴上。米基感受到了强烈的欲望，他的另一只手在胸前紧握成拳，想："我不是这样的，这不是我。"

他突然推开了艾丽斯，睁开了眼睛，说："艾丽斯。"

"怎么了？"

"我们没有恋爱关系。"

"那又有什么关系呢？你是爱我的，对吗？你知道你是爱我的。"

米基犹豫了一下，说："我不确定自己是怎么想爱情的。"

艾丽斯皱眉道："只要你想的不是克里斯就好。这不是你停下来的原因，对吗？米基，我们俩是开放式的恋爱关系，现在的年轻人都这样。"

米基笑了，说："好吧。"可是当艾丽斯再次去吻他的那一瞬间，米基又往后退了一步。

艾丽斯从雪地里拿起酒瓶,喝了一口,一边咳嗽一边笑,问:"你不想要我吗?"又用手指着下巴问,"是因为痘痘霜吗?"

米基笑了,说:"不是的,你很漂亮。"

艾丽斯气愤地把手甩向空中,说:"你骗人,我又不是小孩子,不需要你来安慰。就跟我个子不够高还不能骑自行车,而你偏偏要哄我高兴似的。我们的确没有恋爱关系,可是……外面这么冷,我就是想跟你一起取暖,找点乐子。"

艾丽斯突然在雪地里滑稽地跳起舞来。

米基又笑了,说:"这里确实很冷。"他试图去找一些合适的词句来解释自己,"我做事之前,都会好好想一想。正常的我是不会这样做的。"他停了一会儿,又说,"我不会做这样的事。"

艾丽斯把耳朵凑到米基的嘴巴旁边,问:"谁?"

米基以为她没听清,说:"我,我不会做这样的事情。"

"好吧。"艾丽斯低下头,一丝愤怒出现在她的脸上,"你这么了解自己,我真为你高兴。"

说完又喝了一口酒,把酒瓶递给了米基。

"无论如何,"艾丽斯说,"别让这件事破坏了我们之间的关系,好吗?我会受不了的,让我来解释一下吧。"

"你真的没必要——"

"我只是想跟你一起体验一件事,分享一些特别的经历。算了,我也不知道自己在说什么。"

米基说:"我们的确分享过特别的经历,不是吗?"

艾丽斯说:"好了,别废话了。"看着结冰的湖面,又说,"我不喜欢你之前说的话。"

"哪一句?"

"你说你不知道自己是怎么看待爱情的。"

"哦……"米基说,"我确实不知道,怎么,你知道吗?"

"我也不完全清楚,"艾丽斯说,"不过我大概已经跟五十个人说过我爱他们,而且每次都是认真的。"她停了一会儿,"当然了,我也对很多人说过我恨他们,每次也都是认真的。"

米基笑了。

艾丽斯说:"这是个严肃的话题。你曾经跟某些人说过你爱他们吗?"

米基的胸突然像是被一把扼住,胸腔里的空气全都被挤了出去。

艾丽斯盯着他,说:"米基。"然后抓着他的肩膀,直视他的双眼。她的眼睛很黑,眼神很浓烈,好像在承受着什么巨大的痛苦,又或是狂喜,她说:"米基,除了我五分钟前跟你说我爱你,还有没有人对你说过这样的话?"

米基又想到了艾丽斯先前在饭桌上提的那个问题:你做过的最坏的事。突然,回答就在眼前,仿佛冒泡的熔岩终于从黑暗深处浮现。

"没有,"米基说,"而且我觉得自己也不爱他。"

艾丽斯盯着他,问:"你是说你的父亲?"

米基点了点头,有些话仍然郁积在胸腔的黑暗深处。"事情没那么简单。"

"我知道。"艾丽斯说。

"我是说,我没有不去爱他的理由,我也不是没有努力过。"

艾丽斯沉默了一会儿,说:"那你为什么不把对他的感情就当作是爱呢?"

米基侧过头,看着艾丽斯那张美丽的脸庞,说:"我不能为了迎合自己而改变事情的定义。"

"为什么不能?"

"因为那就是妄想。"

"也许吧,"艾丽斯说,"可是你也不用把什么都弄得一清二楚,至少不用装作所有的事情都是自编自导的幻想一样。"

"难道不是吗?"

"我的天!"艾丽斯说,"这是我听过的最糟糕的话了!天哪!真可怕。"她分别朝两个拳头里哈了口气,又问,"你又怎么知道自己对他的感觉不是爱呢？"

米基想了想，说："因为那感觉不像爱。"

艾丽斯说："你可真是没希望了，连我都觉得你可怜。"

怨恨如蚕茧般结得很厚，像一个肿瘤似的占据了米基的心。他对父亲的情感很微薄。很久以前，米基就接受了他们之间永远无法拥有他想要的那种关系的事实，而且他也不想再去改变父亲，去理解他，和他交流，只要尽力不去冒犯他就好。现在，他所说的每一个字都是为了消解他们之间的动荡，尽力维持现状不变。他的最终目的是不去表达或者交换任何感情，什么都没有才能使他们的关系保持平衡。零！在父亲面前，米基已经非常善于掩藏真实的自己，仿佛把真实的自己藏进了皮肤里，只想求和，追求平淡、虚无和空洞。

艾丽斯问："你觉得你爱我吗？"

米基把视线从艾丽斯的脸上挪走，不知道该怎样形容对艾丽斯的感觉。是麻木，还是厌倦？

他说："我不知道。"

艾丽斯问："为什么不知道？"

米基看着洁白的湖面，又抬头望了望布满天空的繁星。要是瞎了，他还怎么记得住这布满星星的漆黑的天空呢？他不能，毫无办法。这个画面最终还是会消失的。米基在一瞬间想到，这一片洁净的星空就是李斯特的钢琴曲《森林的细语》,然而又很快意识到那曲子仍没有完全描绘出此时此景,感觉不对。

米基听到一只狗在远处叫了起来,还有一只猎鸟的惊叫声。他握紧了拳头,脸上挂满了冰冷的、诡异的泪水。

艾丽斯说:"米基,你在伤害我。"

米基说:"我知道。"

第二十一章

芬尼围着一棵树绕着圈圈,又回到了艾丽斯和米基身边,把那张灰色的老脸凑近艾丽斯的裤子。艾丽斯笑着在芬尼的脑袋上亲了一口,又喝了些酒,把酒瓶递给了米基,米基也喝了几口。喝多了,米基的喉咙跟火烧似的,身体颤抖起来。

艾丽斯弯下腰去捡刚刚被她丢进雪地里的克里斯的手套,抖了抖,帮米基把冻肿了的手塞回手套里。这时,一个雪球打在了米基的背上。

米基望着四周。

只见一个苗条健硕的人沿着他们来时的路奔跑过来,跑得很快,身后仿佛刮起了一场小型暴风雪似的。

艾丽斯嚷嚷道:"这他妈的是……"她盯着那个迎面奔来的人,尖叫起来,"是吉米!"

吉米朝艾丽斯和米基飞奔过去，一个优雅的滑行，停在了艾丽斯面前。他站起来，拍掉了身上的雪，大笑着伸手去拥抱那两个人。在柔柔的月光下，加上粉扑扑的脸庞和明亮的眼睛，吉米看起来很健康，精神满满。脸上的黑胡须被精心打理过，一头黑发又卷又长。

"你们俩在雪地里干吗呢？"吉米问。

"我的狗要撒尿，而我打算勾引米基。"艾丽斯说，"本来以为就跟抢小孩子的糖果那么简单，可是我想错了。"

吉米开心地笑起来，拍着米基的背说："我们这是多久没见了啊！"

艾丽斯说："你怎么知道我们在外面？"

"我也是五分钟前才到家的，"吉米一边说，一边上下跳动来取暖，"我在回屋子的路上看见了侧门外面的脚印，不知道是谁的，于是就跟着脚印走过来，好看看到底是谁。"

"哈哈，"艾丽斯说，"好了，我要冻僵了，芬尼也尿够了，我们回屋去暖和暖和吧。反正这瓶酒也差不多喝完了。"

"大家都怎么样？"回家的路上，吉米问道。

一边走，米基一边告诉吉米屋子里都有谁。

回到屋里，艾丽斯把芬尼身上的雪刷干净，又把萨姆的外套挂了起来。

米基问:"你过得怎么样?"

吉米说:"我很好,真的挺好的。"他脱下黑色的羊毛外套,身穿紧身牛仔裤和奶油色的衬衫。

艾丽斯看着吉米,说:"妈的,吉米,我简直不敢相信,你比以前更帅了。有什么保养的秘诀吗?美宝莲?"

吉米说:"被你发现了,我刚做完六天的清肠。"

"那是什么?"

"连续六天只喝果汁,每年节假日过后我都要清肠的。"

"只喝果汁?"艾丽斯说,"天哪,肉汁算吗?"

艾丽斯和米基跟着吉米走向厨房,吉米在冰箱里找了些吃的,给自己弄了一个冷盘,又走向酒柜,拿了一瓶法国隆河坡地区产的葡萄酒,给每个人都倒了一杯。然后三个人便一起走向客厅,吉米在咖啡桌前开动起来。

艾丽斯嗅了嗅,看着米基问:"是你还是我?肯定不是吉米,有钱人是不会流汗的。"

她闻了闻自己的腋下,又去闻了闻米基的,肯定地说:"是你,闻起来非常……像运动员。"

"谢谢你的鉴定。"

吉米咽下了嘴巴里的食物,擦了擦嘴,说:"萨莉的事怎么样了?大家都还好吧?"

米基点了点头。

艾丽斯把林恩和萨姆之前告诉大家的事简明地传达给了吉米，还有她自己跟萨莉的罗曼史。

吉米说："哦，这些我都知道。"说完看着米基，问，"你不知道？"

米基摇着头问："你知道？你怎么知道的？"

吉米说："萨莉告诉我的。"

艾丽斯说："真的吗？她跟我说过不想让任何人知道的……我不知道你们俩私下谈过了。"

"没错，"吉米说，"她告诉我这些，是因为……是因为她觉得……她觉得我能理解她吧。"吉米把刀叉放进盘子里，靠在了沙发上，"听着，我只是不想把事情闹大，而且我一直觉得只要不跟你们说，就不会引起大家的注意，可是——"那双蓝色的眼睛看向了天花板。

艾丽斯打断道："你是同性恋。"

吉米大笑起来，说："我早就该知道……什么事都瞒不过艾丽斯·克兰斯！"

米基说："你得原谅她，可别忘了，她——"

"对每个人都了如指掌！"吉米接着米基的话说了下去。

米基说："哦，是吗？"说完盯着吉米，吉米又笑了。

"没错，我的确是同性恋，"吉米说，"在洛杉矶出的柜。"

艾丽斯说："吉米，我刚刚是半开玩笑的，天哪，我是说……我真为你高兴！"

吉米说："你们应该都还记得我的父母吧，他们是非常虔诚的天主教徒，这也是我离开西部的原因之一。当然还有其他原因，不过我知道我还没准备好把一切都告诉他们，也不想每天都伪装自己，用另一种声音说话，时刻注意肢体语言，假装对女孩子感兴趣。我想开始一段全新的生活，这样的话，每年我也就只需要在一到两次家庭旅行的时候伪装自己了。"

艾丽斯问："你父母还不知道吗？"

吉米摇了摇头，说："我们还没好好谈过。"

米基说："我希望你不是因为担心我们的反应才……"

吉米解释道："米基，我没有告诉你们唯一的原因是，我知道你还住在这里，不想让你陷入对我的父母和朋友撒谎的境地，我不想让任何一个人为了保守我的秘密而去撒谎。在我看来，把这两种生活完全隔离开来，才比较简单。"

艾丽斯说："到现在你还要把这个秘密瞒着父母，我真为你感到难过，肯定很沉重吧。我父母并没有为我和女性约会而感到高兴，不过也一直很顺其自然，我们之间没有秘密。"

吉米说："我一直在想，也许当我遇到生命中对的那个人，准备要安定下来,想要结婚了……也许那时候我就会把一切都告诉他们的。"

米基说:"所以,你是什么时候知道的?"刚刚穿过雪地的时候,米基的小腿冻僵了,他一边问,一边用大拇指按摩着腿。

"我一直都知道。"吉米说,"不过在十三四岁的时候才确定下来,那时候,我还尽力去否定这个事实。我说话的时候,都会刻意压低声音,也避免'咯咯'地笑,免得让人觉得很娘。我还很注意自己的手势,不让它们随意发挥。"

艾丽斯问:"萨莉也知道?你告诉她了?"

吉米点了点头,说:"我和萨莉彼此信任,谈过很多事情,比如她的妈妈。"

"她妈妈怎么了?"

吉米沉默了一会儿,接着说:"科琳娜……有很多问题。我们都知道,她一直酗酒,每天早上起床前不喝一杯伏特加就下不了床。萨莉说,如果她一个小时不喝酒,身体就会颤抖得跟一片树叶似的。"吉米咬着下嘴唇,继续道,"还有就是科琳娜的男人总是不间断地出现在她们家。萨莉什么都知道,可是这不该是她那个年纪该知道的事。家里的墙太薄了。"

米基说:"我一直有这个印象,不过也不确定。"

吉米说:"萨莉第一个告诉我,是因为有几次她需要在我们家的地下室过夜。"

艾丽斯问:"她觉得自己家里不安全吗?"

吉米点了点头。"你们还记得吗?我们家和萨莉家之间就隔了两座房子。我们家有一个小窗子通向地下室,那窗户很小,很少有人能爬进去。萨莉十一二岁的时候,问我如果她们家又闹腾起来,可不可以溜进我们家的地下室里过夜。不仅闹腾,还……天哪……到现在那些画面都还叫我挥之不去。有几次,科琳娜晕过去了,那些男人就在家里走来走去……"吉米停了下来,用力擦了擦眼窝,明亮湿润的双眼凝视着艾丽斯和米基。

"哦,不。"米基深吸一口气,悲痛重重地侵袭了他的胸腔。

吉米慢慢地点了点头。"所以……"他叹了口气,继续说,"我每天晚上都会把地下室的窗户打开,这样萨莉的妈妈有男人在家的时候,萨莉就能有个安全宁静的地方过夜了。我父母什么都不知道。"

"她经常去你那里过夜吗?"艾丽斯问。

吉米说:"有时候,如果我没机会下楼,就会在半夜里跑到地下室去。如果萨莉也在那里,还没睡着的话,我们就会聊天。那时候我们把藏得最深的秘密告诉了彼此,除了我们没有别的人知道。"

"比如萨莉的妈妈到底是个什么样的人?"艾丽斯说,"还有萨莉在自己家看到的那些情形?"

吉米点了点头。"后来,我了解到作为一个同性恋意味着什么,也意识到自己就是同性恋,在我鼓足勇气想要大声说出那个词的时候……就把这个秘密告诉了萨莉。"

艾丽斯说:"萨莉也告诉你我们之间的秘密了?我是说我和她的秘密,她觉得自己也是同性恋。"

吉米点了点头。

米基问:"萨莉告诉过你离开我们的原因吗?"

吉米难过地摇了摇头,说:"她没有跟我多说过什么,那之后再也没有跟我单独聊过。她肯定……肯定陷入了一个非常艰难的境地。"

米基说:"而且还是孤身一人。"

"孤身一人。"吉米重复了一遍米基的话,眼神飞快地在米基和艾丽斯之间游动,又说,"听着,是因为我她才离开我们的,我现在说这话简直跟杀了我没什么区别。"

艾丽斯说:"不是的,吉米,没有——"

吉米举起手,阻止了艾丽斯:"我是说,问题是那些秘密……太沉重了。萨莉需要帮助,而我不够专业,我的意思是……她需要的不仅仅是我的倾听。我当时并没有足够的能力开导她的问题。我想我是把自己的问题——发现自己是同性恋——和萨莉的经历混淆了起来。事实是，我不知道该怎么和她聊天，怎么帮助她。如果我鼓励她去跟你们，或者跟一个成年人谈谈，任何一个人都行，她的压力可能就没那么大了。然而我没有，我当时只顾着自己的问题，陷得太深，也太害怕了。"

米基问："你害怕什么？"

"害怕如果萨莉的秘密都暴露出来，我的也会跟着露馅。"吉米咽了一下口水，擤了擤鼻子，接着说，"如果我让她去找别人帮忙的话，事情可能会变得很不一样，她也就不会……伤得那么深了。"

艾丽斯说："吉米，你没有伤害她。"

吉米说："可我也没有帮到她，而我是唯一有机会帮助她的人。"

三个人坐在黑暗里沉默了许久，艾丽斯起身去了洗手间。

艾丽斯离开后，吉米靠近米基，说："米基，我还有一些事情要告诉你，就只告诉你。"吉米的声音听起来很浓重，带着些许的紧张。

米基感觉到微微的不安，肾上腺素使他的身体微微战栗起来，问："什么事？"

吉米的嘴唇在发抖，他说："是关于……"话还没说完，就被身后的楼梯发出的吱吱声打断了。

林恩穿着红色珊瑚绒睡衣,从楼梯上走了下来。艾萨跟在后面,穿着运动裤和一件T恤。萨姆也跟在后面,揉着惺忪的睡眼,穿着印着白点的深蓝色睡衣。

吉米靠近米基,小声说:"等下次只有我们两个人的时候再说吧。"说完捏了一下米基的肩膀。

林恩看见吉米,大叫起来:"吉米!"朝他飞奔过去。萨姆看到老朋友也叫了起来,整个身体立刻显得清醒过来。吉米拥抱了两人,萨姆高兴地大笑,抱着吉米不放。艾丽斯也从洗手间回来了。

林恩把吉米介绍给艾萨,又说:"吉米,我都不知道你回来了!我刚刚把萨姆从床上拽起来,是想告诉大家一个消息。"

吉米问:"什么消息?"

林恩开心地笑起来,说:"他答应我了!"

"什么?"

林恩拨开了脸上的头发,说:"我刚刚把艾萨叫醒,让他娶我。"

艾丽斯握着拳头,说:"哟,哟,哟!"

大家互相拥抱,彼此祝福。吉米把大家叫到厨房,调制了一种不含酒精的红色气泡饮料,倒在大酒杯里,端给所有人。艾丽斯则打开了一瓶香槟。

吉米打开音响，找到一个正在播放流行情歌的电台，调高音量，挽着艾丽斯的腰，在厨房里转起圈圈来。一个下腰，他差点把艾丽斯摔在地上，然后又对她深情地唱起歌来。

"只能是你，"吉米唱道，"答应我吧，请答应我。"

萨姆突然插进来接替了艾丽斯的位置，做吉米的舞伴。只见两个大男人又是笑，又是唱，在屋子里笨拙地转着圈圈。

艾丽斯问林恩日子定了没有，林恩让艾丽斯别那么着急。

艾萨和萨姆把冰箱里的剩菜全都拿了出来，掀掉保鲜膜，装进盘子里，放进微波炉。

萨姆问吉米在洛杉矶过得怎么样，好奇地听吉米讲那些大家都无法想象的趣事：塞着生鱼的墨西哥玉米饼、透过家里的后窗就能看见的冲浪比赛、健康生活馆的小麦草、高温瑜伽——瑜伽室里有四十摄氏度的高温，百分之四十的湿度……吉米一一道来。

"怎么会有人想做这个？"艾丽斯疑惑地盯着吉米问，"为什么会有人想做这个？"

米基和林恩走向客厅，站在巨大的落地窗前，看着雪越下越大。

雪成了蓝色、灰色、白色、银色、粉色、金色的，在空中旋转成雪锥，飞舞过湖面。米基、艾丽斯和吉米前往沙滩的脚印依然清晰可见。

"找到真爱是什么感觉？"米基问林恩。

"嗯，"林恩想了一会儿，说，"就像双脚踩住了大地。"

"大地？"米基不懂。

林恩挽起米基的手臂，说："你会来参加我们的婚礼，对吧？"

艾丽斯突然出现在身后，站在米基和林恩之间，伸手搂住了两人的脖子。

"当然了，"米基说，"总得有个人来管管艾丽斯呀。"

艾丽斯说："没有我的婚礼不会很无聊、很糟糕吗？"

林恩笑了起来。

艾丽斯放声唱道："别拦我，别拦我，就算得了心脏病，也拦不住我！"然后蹦跳着穿过房间，叫醒躺在火堆前的芬尼，"快看我！"说着便在吐着舌头的芬尼面前跳了一段狂野笨拙的舞。

林恩和米基看着艾丽斯跳舞，过了一会儿，林恩突然凑近米基，说："有件事艾丽斯没有告诉你。"

米基看向林恩："哦？"

林恩点了点头。

"我以为艾丽斯不会对任何人有所隐瞒。"米基说。他很想知道这件事跟吉米要告诉自己的那件事有没有关系。

林恩去找艾萨了，萨姆来到了米基身边。

"米基……"萨姆轻声说，"之前我们聊天的时候，你的表情……我知道你觉得……你觉得我是个坏人，对吗？"萨姆真诚直接地问道，不带半点自怜。

米基摇了摇头，说："没有。"

萨姆说："我知道你不会认为我是个好人，不可能的。"

米基想起了林恩早先说的话："朋友就该这样，不是吗？明明不对也要说成对的。"他不知道自己是否同意这个观点，其实有很多事都是他不确定的。他无法替萨莉说出萨姆的举动对她起了多大的影响，造成了多大的伤害。也许那一刻改变了一切，也许根本没什么影响。米基看着萨姆粉红色的脸庞，只见他心虚地等待着答复。米基说不出"你是好人""我们之间没事"或者"没关系"这样的话。

于是他把手放在了萨姆厚实、温暖的肩膀上，说出了内心最真实的想法："你是我的好朋友。"

萨姆抓着米基的手，说："你也是我的好朋友。"

米基想：拥有一个好朋友又或者作为一个好朋友是不是跟一个好人差不多呢？

他望着屋里，芬尼正蜷缩在火堆前的编织地毯上，艾丽斯坐在芬尼旁边。艾丽斯抓着芬尼的爪子，盯着火堆，只见煤炭变成了蓝灰色，火苗越来越小。

过了一会儿，吉米打开了一瓶威士忌，给自己还有艾丽斯和米基都倒了一点。

艾丽斯说："吉米，你这是要干吗？是要把我灌醉，不看着我晕过去就不罢休，还是要看着我对着月亮号叫，把屎拉在自己身上？这是你的计划吗？"

吉米大笑了起来。

萨姆说："嘿，说到晕倒，你们还记得那个晕倒游戏吗？"

"当然记得了。"米基说。

萨姆说："是我的表哥马库斯教我的，我又把它教给了你们，还记得吗？对了，马库斯成了匹兹堡某个贵族学校的校长，有一天打电话告诉我学校要对这个游戏下禁令，因为死亡率实在太高了。他们学校倒是没事，不过其他学校的情况就比较糟糕了。可怕吧？受到的处罚可比携带毒品被抓重多了。"

艾萨问："晕倒游戏？"

林恩解释道："类似昏厥游戏、掐喉咙游戏、紫色雾气、模糊游戏，一个都没玩过？真的吗？"

艾萨摊开了手掌。

"你得让你自己晕过去，"艾丽斯解释道，"感觉到达缺氧的高潮后就会睡上一分钟，做一个非常真实的梦。"

艾萨说："哦，就跟做爱时的窒息游戏一样。当然玩过。"

"好吧，"吉米笑了，"只不过我们会跳过色情的那一部分。还有就是我们自己动手，不会去掐对方的喉咙什么的。"

"自己怎么让自己晕倒呢？"

萨姆说："先蹲在地上，深呼吸，就跟要生孩子似的，然后坐直身体，屏住呼吸，绷紧肌肉，接着就会晕过去了。在倒下去之前可别忘记在身后放一个枕头。"

艾萨说："给我演示演示吧。"

"对！"艾丽斯大叫起来，"给我们演示一下，萨姆！"

吉米拍起手来，说："演示，演示，演示！"

萨姆从沙发上拿了一个靠枕，走向房间中央，蹲了下去，在硕大体形的衬托下，弯曲的双腿仿若小绿苗。他撸起袖子，露出肥嘟嘟的手臂和粗壮的手腕。

"别忘了，"艾丽斯说，"把枕头放到身后。"

林恩说："别忘了，绷紧肌肉之后才往后倒，这样才能直直地倒在枕头上。"

吉米说："你想梦到什么？"

"关你屁事。"萨姆说。

艾丽斯说："你没有高血压吧？"

米基说："可别死啊。"

萨姆开始用力呼吸，中间停了一次清了清喉咙，又继续默默地数数，其他人都看着他。

突然萨姆直起身子，微微后倾，整个身体的重量都落在了脚踝上，脸红得跟西红柿一样，肌肉紧绷得脖子的青筋都凸了起来。

然后，萨姆放了一个如高音喇叭般嘹亮的大响屁。他倒了下去，并没有倒在枕头上，而是笨拙地斜着倒了下去，抱着大肚子笑个不停，上气不接下气。艾丽斯从沙发上跳起来，跨坐在萨姆身上，按着他挠痒痒。小时候艾丽斯就经常这样捉弄萨姆，萨姆笑得喘不过气来，眼角都笑出了泪。

林恩一边笑，一边说："艾丽斯，别闹了！他快没法呼吸了！"

艾丽斯爬向萨姆，问："你还能呼吸吗？"

米基喝了一口吉米给他倒的昂贵的威士忌，艾丽斯回到了沙发上，说："对了，萨姆，我在枪手之家独自过夜的那个晚上，是不是你给我拍的照片啊？"

这时，大家都看着艾丽斯。

米基说："什么时候？"

萨姆问："什么呀？"

吉米说："我记得，萨姆让她在那里过夜，因为她不相信屋子里有鬼。"

艾丽斯点了点头，说："我在那儿睡了一晚上，应该是十二岁那年，还是十三岁？你们都不记得了吗？"

"有点儿印象。"米基说。

"那天晚上我把相机也带了过去，"艾丽斯说，"是一次性的。我在屋子里待了一个晚上什么事也没有，直到一两个月后去洗照片时才察觉到不对。有一张我的照片，就在那个晚上，有人悄悄进去过，还在我睡觉的时候给我拍了张照片。"

米基从头到脚一惊。

林恩问："真的吗？"

吉米说："你都没告诉我们！"

萨姆用手撑在地上，站了起来，说："不是我！"

米基问："你为什么没有告诉我们？"

"我都快吓死了，"艾丽斯说，"可是我不想让你们对那个地方产生恐惧，那不是我们的根据地嘛。而且——"艾丽斯看着萨姆，说，"我以为是你，是你要让我相信那里有鬼的。我想你是要借此吓我，所以我就决定勇敢给你瞧瞧。"

萨姆又说："我发誓真的不是我。"

林恩说："可能是那个鬼。"

吉米说："肯定是那个鬼。"

艾丽斯说："鬼你个头。"

米基说:"可能是萨莉吧。"

这时,大家的目光都集中到米基身上。

林恩轻轻地说:"可能吧。"

吉米说:"如果不是我们中某个人,就应该是那个鬼……"

"或者萨莉。"林恩说。

艾丽斯皱起眉头,问:"为什么?"

米基说:"也许是萨莉想让我们相信有鬼。"

大家感觉到丝丝凉意,沉默了有好一会儿。米基突然很感恩艾丽斯可靠地坐在他旁边。

终于,艾丽斯从沙发上站了起来,躺在萨姆旁边,问:"要不要玩印第安摔跤游戏?"

两人起身绕圈游走,臀部保持在同一水平线上,然后同时抬腿,艾丽斯开始倒计时:"三,二,一,开始!"两条腿便搅在了一起。萨姆一下子就赢了,将艾丽斯一个后空翻摔在了地上。米基、林恩、吉米和艾萨都拍手叫好。

艾丽斯站起来,理了理辫子,鞠了一躬,揉起膝盖来。

吉米去另一个屋子里调高了音乐,这会儿放的是精力充沛的爵士乐三重奏。艾萨坐在钢琴后面,随着乐曲弹了起来。

米基靠近艾丽斯,问:"你有什么没告诉我的吗?"

"什么呀?"

"林恩说有件事你没有告诉我。"

"哦，"艾丽斯笑了，"那个啊。"她把辫子甩到身后，说，"我不告诉你。"

吉米回来了，坐在了艾丽斯和萨姆中间。艾丽斯喝着威士忌，把腿跷在沙发上，头躺在吉米的膝盖上。

一阵温和朦胧的怀旧情绪向米基袭来。

艾丽斯说："吉米，给我们讲个故事吧。"

"什么故事？"

"讲个跟生活有关的故事。"艾丽斯说。

吉米想了一会儿，用手摸着那头闪亮的黑发，说："很久以前，有六个人成了最好的朋友。他们很不一样，却相处得十分融洽。其中一个人喜欢数字和理论；一个喜欢音乐，希望世界能变得更加美好；一个是什么都不怕的领队，一心想保护他人；一个总喜欢逗别人开心；一个很善良，教大家怎么对别人好；最后一个……是个谜。六个人谁也离不开谁，像是一家人。"讲到这里，吉米停了下来，说，"没了。"

艾丽斯没好气地看着他，说："这根本就不是故事！我不喜欢那种笼统的归类。"

"没错，"林恩说，"那不是故事，他们都经历了什么呢？"

"吉米，你得给我们讲讲，"艾丽斯说，"接下去都发生了什么?"

林恩说:"故事总得有结局啊。"

吉米说:"我讲了啊。"

"什么啊?"

"他们谁也离不开谁,像是一家人。"

林恩说:"这只是个开头啊!"

"没错!"艾丽斯说,"还有……'像是一家人'是什么意思?到底是什么意思?"艾丽斯提高了嗓门,声音里荡漾着情绪,"吉米,快给我们讲点真实的故事。"

接着屋子里又沉默起来。

艾丽斯说:"你们快讲啊,来点真实的故事。"

大家沉默了好一会儿,屋子里就只有艾萨轻柔的钢琴曲、火苗余烬的吱吱声和风吹过湖面的哀叹,声音一高一低,形成了一种神奇的旋律。

米基说:"我都快不记得她的声音了。"

第二十二章

角落里的火苗噼里啪啦，空气很温暖，眼前的积雪看上去更厚了，熠熠发光。时间变得缓慢、暧昧、不自然。

艾丽斯又念叨起来，带着恳求的语气："谁来讲个真实的故事啊？"

吉米说："我来讲个恐怖故事好不好？"

"噢噢噢。"艾丽斯夸张地抖动身体，用手指戳坐在两旁的萨姆和米基，说，"快讲！"

吉米站起来，往火堆里丢了些木头。火星迸发，舔舐着煤球燃得更旺了。他拿起一把铁夹，调整了下木头的位置，说："你们要听多可怕的？可怕程度从一到十。"

萨姆说："十一！"

吉米大笑着坐回到沙发上。

林恩说:"要可怕到我一整个晚上都睡不着觉!"

"好!"吉米紧握双手,说,"好,让我想想……"他停了一会儿,又说了一声"好",环视一圈,确保跟每个人都有眼神上的交流,故事就这样开始了:"有一个地方,我们每个人都去过。那是一个充满黑暗的地方,只要去过的人就会想做坏事。"

萨姆说:"快停下,我这就要吓死了!"

艾丽斯笑了:"别停,讲下去!"

米基说:"快讲!"

吉米继续讲:"在那个地方的人会感觉到……那个地方会让你……我甚至找不到词语来形容那种感觉。你会觉得自己和邪恶毗邻而居,忍不住想做坏事。"

萨姆问:"什么样的事情呢?"

"邪恶的事情,你会感受到黑暗,而黑暗会陷入你的内心深处。你会感受到死亡的存在。人们无法解释这个现象,但是去过的人都能明白这种感觉。人们身处那个地方,脑子里产生的想法……仿佛是灵魂里的一个黑洞。"

艾丽斯小声问:"那个地方在哪儿呢?"

"我不能告诉你。"吉米说。

米基问:"但是你说我们都去过那个地方。"

吉米点了点头。

萨姆问:"一起去的?"

吉米说:"是的。"

艾丽斯咬着下嘴唇,问:"是枪手之家吗?"

吉米摇了摇头,说:"不是。"

林恩问:"真的不是?我们还一起去过别的什么地方吗?"

米基问:"你百分之百确定我们都一起去过那个地方?"

吉米点了点头。

艾丽斯说:"继续讲。"

"有一天,"吉米说,"我来到那个地方,感觉很糟糕,黑暗笼罩了我的内心。这时,一对四十岁左右的夫妻走了过去,戴着一个相机。男人给女人拍了张照片,我问他们要不要用身后的湖做背景给他们拍一张合影。"

火苗突然噼里啪啦地响起来,声音很大,米基吓了一大跳。

林恩紧张地笑起来。

米基问:"这么说那地方在湖边?"

吉米点了点头,说:"他们说'好'。男人搂住女人,两人都笑了起来,我给他们拍了张合照。"

艾丽斯说:"然后呢?"

"我把相机还给了他们。"吉米说完又迟疑起来。

屋外的风号叫起来,米基感觉自己的心都要跳出来了。远处的火车飞驰而过,呜呜呜!这时,吉米竖起了一根手指。

"那天,我也听到了火车的声音,"吉米说,还轻轻地模仿起来,"呜呜呜!就跟刚才的那个声音一模一样。"

艾丽斯瞪大了眼睛,扬起的眉毛都快跟头发连起来了:"然后呢?"

吉米说:"我看着他们离开了湖边,走向了距离湖边大约四百米远的一片森林。我站在湖边,还能看得见他们。两人手牵着手一路往前走,一副幸福恩爱的样子,我都开始怀疑那个黑暗传说是不是真的了。我想可能是我的感觉出了错,那个地方可能只存在于我的脑海中。"

火车又叫了起来,呜呜呜!

吉米说:"就在那时,我又听到了火车的轰鸣声。"

萨姆小声问:"然后呢?"

"我看着那对夫妻走向了铁轨,仍然手牵着手站在铁轨旁。呜呜呜,过了一会儿,火车开了过来,越来越近,就在要开过去的前一秒,女人把男人推向了前方,火车从他身上碾了过去。火车开走后,那个女人也不见了。"

某种沉重的寂静撞击着米基的耳朵,他起了一身鸡皮疙瘩。

林恩问:"等一下,你说的就是这个地方吗?这个屋子?事情就发生在路边的铁轨上?"说完用手臂夸张地遮住了脸。

米基问:"这就是那个会让人想做坏事的地方?"

萨姆问:"是这里吗?"

吉米点了点头。

艾丽斯大叫起来:"这不公平!"说完便在自己身上猛抓起来,双手插进了头发里,说,"吉米,这不公平!这也太可怕了!我们今天晚上还要在这里过夜呢,太恐怖了!"

"没错,这也太可怕了。"米基说。

吉米笑了,说:"是你们要听恐怖程度十一的故事的。"

"等等,"萨姆问,"那件事不是真的吧,是你编的?"

吉米还在笑,说:"不是真的,不是真的。"

林恩说:"如果……"她迟疑地看着大家,"如果那种地方真的存在呢?如果萨莉去过那种地方呢?"

萨姆问:"你是说她决定自杀的那一刻?"

林恩点了点头,说:"如果她陷入了那样一个地方,吉米,就像你说的,一个极其黑暗,只会让她想做坏事的地方呢?"

吉米说:"你的意思是,也许那不是一个真实的地方,而是一种精神状态,超出了她的控制范围。"

米基想到了吉米先前说的话,他说萨莉一定是陷入了十分糟糕的境地。

这时,米基说:"孤身一人。"

艾丽斯看着米基,问:"萨莉自杀后,你去过那座大桥吗?"

米基沉默了一会儿,摇了摇头,说:"我每次都选择绕远路。"

"是因为你不想在那个地方想起她?"

米基说:"是我不愿意去想那一刻她的心理世界。"

不知道为什么,米基觉得那一切离自己很近。萨莉,即便她现在已经走了,还是感觉很近。他无法解释这一切,他害怕当自己站在那座车来车往的大桥上时,脑海里会出现一个瘦弱苍白的人,像一片指甲似的从几百米高的大桥上跳进河里;害怕自己去想象那种会占据人心的黑暗,而那种黑暗会把他带去一个很遥远、很孤单的地方……每当脑海里出现这样的画面,米基并不确定画面中的那个人是萨莉还是自己。米基有种感觉,在萨莉结束了自己的生命后,自己好像比先前更了解她了。

第二十三章

不知不觉到了凌晨两点。

艾萨和林恩去睡觉了，米基、吉米、艾丽斯和萨姆紧挨着睡在了客厅的沙发上。他们的手脚交缠在一起，把别人的肩膀当作枕头；手臂舒服地搁在另一个人的胸部上；有人缓慢而平静地呼吸，时而发出微微的响声。

就这样，到了早晨七点钟。

明亮的阳光照在雪上，照进了屋子里，落在大家的脸上，叫醒了客厅里熟睡的每个人。

艾丽斯看着米基到处找眼镜，终于在吉米的膝盖上找到了。米基揉了揉眼睛，打了个哈欠，戴上了眼镜。米基的舌头又厚又干，像一块石头。他昏昏沉沉，仿佛还在昨天的梦里，可是却忘了梦里的细节。

艾丽斯对米基说:"你看上去简直一团糟。"

米基说:"我的感觉比我的样子更糟糕。"

艾丽斯怪萨姆打呼噜的声音像猪一样,还有大家放的臭屁。

米基站起身来,直了直僵硬的后背,感到肌肉在"尖叫"。

昨天晚上吉米回来的时候,顺便也带来了早餐。他烤了几个贝果面包:有蓝莓味的、全麦的、亚细亚哥奶酪和黑麦的。除了面包,还有黄油、果酱和各种味道的奶油芝士:香葱味、草莓味、蜂蜜核桃味和大蒜味。吉米煮了咖啡,还拿来了一瓶橙汁和一篮子香蕉。

大家一同吃起早餐来。

艾丽斯念叨着宿醉头疼,吉米问她要不要解酒药。克里斯说昨天晚上睡得很香,问自己有没有错过什么重要的事。林恩说他跟艾萨商量过了,如果大家的时间都合适,他们计划一个月后,也就是二月中旬的样子,在家乡宾夕法尼亚举行婚礼。萨姆说希望贾斯廷到时候也能一起出席。

艾丽斯和克里斯是首先离开的,在返程前她们还要去拉克万纳拜访艾丽斯的父母。艾丽斯用一块羊毛毯子将芬尼像个大孩子似的裹了起来，然后抱起它扛在了肩膀上。芬尼太重了，艾丽斯喘着气，举起芬尼的爪子跟大家挥手告别。

林恩和艾萨也走了，走之前承诺会在接下来的几天里把婚礼的具体消息发给大家。

米基、吉米和萨姆留下来花了几个小时把屋子整理干净。

当萨姆离开的时候，他让米基和吉米一起帮他把后轮驱动的尼桑推上车道，然后发动上路了。

萨姆走后，吉米拍了拍膝盖上的雪，看了看手表，对米基说："我们一起去麦克道餐厅吃午饭吧？我快十年没吃过他们家的鱼肉三明治了，而且晚餐时间我才会和家里人见面。"

麦克道餐厅里总是一股油腻腻的味道，要沿着湖边开个几英里。小时候，艾丽斯拿到驾照后，就经常在放学后和周末开车带他们去那里吃三明治和薯条。

米基走在吉米身后。他租了一辆黑色的四轮驱动的雪佛兰越野车。车子开过了杰克的花店、丫丫的甜甜圈店和达乐公司，接着又开过了7-11便利店。米基不想去超市的时候，就在那里买麦片和牛奶。

到了餐厅里，吉米选了一个可以看到冰湖的位子。过了这么多年，餐厅的装饰一点也没变：墙上贴着玻璃纤维做的鱼形装饰，一排卡车司机的帽子钉在墙上，一直延伸到天花板，还有红绿色的格子窗帘、明亮的橄榄球联盟的小吊饰、布法罗比尔队的球星的亲笔签名照。那台老式收款机的抽屉在开关的时候会发出咔嚓声，里面的零钱跟着稀里哗啦地响。马歇尔牌的旧音箱高高地挂在墙上，播放着二十世纪五十年代的音乐。

吉米和米基点了鱼肉三明治和啤酒。帮他们点单的服务员看起来十四岁左右的样子，头发上扎着绿色的皮筋，鼻子上钉了一颗钻石，看上去像是发炎了。

吉米的指尖在右边的窗台上来回滑动，沾了些灰尘，他把灰尘吹向了空中。因为没睡够的原因，他的眼睛下面出现了眼袋和淡淡的黑眼圈。

服务员给他们拿来了啤酒，两人干了杯，喝了起来。

吉米清了清嗓子，说："听着，米基，昨天在我们被打断前我跟你提过，有件事……一直困扰着我。这些年来，好多次我都想给你打电话，可就是做不到……"说到这儿，吉米停了下来，咽了下口水，继续说，"有一件事我要告诉你。"吉米的声音突然变得轻薄飘忽，只剩下了呼吸声。

米基看着他。

阳光照在吉米的眼睛上，呈现出上百种不同色调的蓝。他伸手摸了下嘴唇和黑色的胡子，说："萨莉知道一件事，和你有关。"

"我自己不知道？"

吉米点了点头："萨莉让我发誓一定要保密，我就什么也没说。这也是出于对萨莉的尊重，毕竟那不是我自己的事，可现在她走了……"

"什么事？"米基问，一种奇怪又可怕的感觉侵袭了他的全身。

吉米喝了一口啤酒，又喝了第二口，直到半杯啤酒下了肚，眼睛变得湿润起来。他盯着米基说："你的父亲不是你的亲生父亲。"

米基皱起眉毛，说："什么？那他是谁？"

"他只是一个邻居。"

"什么？"米基说，"谁的邻居？你这是在说什么呢？"

吉米说："约翰·卡拉汉，那个把你养大的人，不是你的父亲。"

"那他是谁？我怎么就不明白了。这跟我的母亲有关吗？你都知道什么？"

米基感受到一股浓厚强烈的绝望，身体仿佛被灌满了烂泥。

吉米说："科琳娜怀着萨莉的时候，萨莉的父亲为了逃避赡养费，就去了加拿大。当萨莉还是个宝宝的时候，科琳娜又怀孕了。没人知道那个男孩的父亲是谁。毕竟，科琳娜……有过那么多男人，自己也不知道那到底是谁的孩子。"

米基盯着吉米，虽然没能完全把这些话听进去，却已经隐隐意识到发生了什么。

"你就是那第二个孩子，"吉米解释道，声音很柔软圆润，充满了同情，"科琳娜是你的母亲。人们不知道你的亲生父亲是谁，不过肯定不是约翰。"

"我的天，"米基说，"我的天。"他仿佛被一阵巨浪袭击，为了求生他大口喘着气，盐水把他的喉咙刺得生疼，仿佛被人掐住了似的，问，"我怎么会……我为什么会跟他……我的父亲……"

"你和科琳娜、萨莉住在一起的时候，约翰就已经住在你长大的那座房子里了。在你还很小很小的时候，两岁左右，一天下午，不知道怎么就从科琳娜的房子里走到了街上。约翰正在打理前院的草坪，忽然发现一个小孩站在那里，周围也没有父母，于是就向你走了过去。"

米基张大嘴瞪着吉米，仿佛一个干燥的空洞。

吉米继续说："约翰不需要多想就知道你是从科琳娜家里跑出来的。他们并不认识，不过约翰早就对她的名声有所耳闻，还知道她家里有小孩子。他带着你去科琳娜家，打算把你还回去。当他来到科琳娜家里时……不管他看到了什么……很显然,他无法把你留在那里。"

吉米讲得很快,描述得也非常详细,米基没办法装作什么也没听见。那些话仿佛是被丢进了搅拌机里的食物,糊成了一团,很难吃。

"这么说……"米基说,"你等等,科琳娜就这么让邻居把我带走了?让我跟他住在一起,像他的孩子一样被抚养成人?他为什么……萨莉她……我不明白。"

吉米看着米基,他脸上的表情足以说明米基的绝望。"对不起。"吉米说,喉咙仿佛被什么东西锐利地割了一下,很疼。

米基说:"把事情都告诉我。"

吉米调整了一下自己的情绪,继续讲了下去:"他们制定了一个协议,应该和儿童保护协会的威胁有关,又或者是钱的关系……总而言之,他们签下了这个协议,决定让你搬到他家去,而他会把你当作自己的孩子一样抚养成人。"

"可是为什么……等一下,萨莉知道我们是异父同母的姐弟?她是什么时候知道的?怎么知道的?"

"萨莉是在十六岁那年才知道的。她完全不记得你的存在了,你离开的时候她也只有三岁。她是在离开我们前不久才发现了这一切的。"

米基心中情绪起伏不断,问:"她是怎么发现的?"

"她偷听到科琳娜和约翰之间的通话。科琳娜会时不时打电话给约翰,哭着求他,让他把你还回去,而约翰每次都能让她冷静下去。在一次通话时,萨莉听到了他们的谈话内容。科琳娜挂了电话后,萨莉就直接问那一切是不是真的,科琳娜承认了。当然了,科琳娜把自己描述成一个好人,对你流落在街上的事一个字也没提,也没说约翰在她们家究竟看到了什么,让他改变了把你留在那里的念头。"

"那萨莉是怎么知道事情的另一面的?"

"接着萨莉去找了约翰。那天晚上,趁你不在家的时候,她去了你们家,把自己在电话里听到的和科琳娜说的话都告诉了约翰。约翰把一切都告诉了萨莉,包括事情的另一面,只是没提是什么让他改变了把你留在那里的念头。他说还是忘了的好,还求萨莉不要把这些事告诉你。他明白自己不是你的合法监护人。"

米基的思绪回到了萨姆之前的记忆,萨莉情绪激动地离开了米基的家,而米基却怎么都想不起那一幕。"那个,"米基说,"为什么……不管我的父亲在科琳娜家看到了什么,他为什么只带走了我,却把萨莉留在了那里?"

"他也想把萨莉带走,萨莉当时还很小,不过已经能听明白约翰的问题,也能够回答那个问题。"

"她不想跟他走？"

吉米摇了摇头。

"是科琳娜？"

"科琳娜已经记不得那时候到底发生了什么。"

米基说："是萨莉不想离开自己的妈妈？"

"没错。"吉米说。

"萨莉不想离开她的妈妈。"米基一边想，一边重复着这句话，又问，"萨莉把这些都藏在了心里，除了你就没有告诉别人？"

吉米点了点头，说："她让我发誓一定要保守这个秘密。约翰很坚定，不想让这些事暴露出来。他觉得这样对你才是最好的。"吉米把一张餐巾扭成了一根绳子，缠在了指头之间。

"我父亲……"米基咽了一下口水，一阵温暖的情感油然而生。这情绪跟他的亲生父亲无关，而是因为约翰，那个在自家前院的草坪上发现了米基的男人。

米基闭上眼睛，试图想象萨莉的脸。唉，事情不是很明显吗？那弯弯的眉毛跟米基的几乎一模一样，还有那笔挺的小鼻子、雀斑的位置，一切都那么吻合。还有科琳娜，她的外貌虽然被酒瘾蹂躏成了另一副模样，不过米基依然能从残余中认出他们之间的相像之处。

米基拿着一块餐巾擦了擦眼睛，沉沉地叹了一口气。

萨莉，他的第一个好朋友。

米基飞快地喝下了三分之二的啤酒，盯着结冰的湖面，那仿佛一片钻石之海不停地闪烁。服务员端着另一桌的食物经过时，一股油腻味和鱼腥味扑面而来。米基有种什么都不明白的感觉。

吉米问："你没事吧？"

米基不知道。

阳光从餐厅的窗户里照进来，照暖了米基的双手，银色的餐具闪闪发光。

从理性的角度来说，米基明白约翰为什么不想让他知道，为什么他觉得对米基隐瞒真相才是最好的选择。可是萨莉呢？她又为什么要隐瞒他们之间的关系呢？为什么不想让他知道？为什么要让他们俩都过着孤单的生活？

吉米仿佛看透了米基的想法，说："当萨莉告诉我这一切的时候，她已经下定了决心。"

"可是，"米基说，"这又是为什么呢？"

萨莉十六岁那年，还能从吉米家地下室的窗户里钻进去，只是得弯着腰、拧着肩膀——这是她的身体最宽的部位了。那是三月末的时候，就在萨莉十六岁生日过后的一个星期。距离上次萨莉半夜去吉米家的地下室，已经过去好几个月了，因为她的妈妈近来经常在外过夜，这样萨莉就能在自己的卧室里安静地睡觉了。萨莉钻进地下室，坐在了沙发上。曾经有多少个夜晚，她都是在这个沙发上度过的。她并不期待吉米会来找她，不过还是抱有希望，最终吉米还是来了。

半夜里，月光仿佛白色的丝绸，照在吉米的脸上，吉米醒了过来。月光轻柔地把吉米叫醒，他起身走向了洗手间。在回到卧室前，吉米产生了一种熟悉的感觉，冥冥中知道屋子里的某个地方有个人还没睡着。他第一个想到的是萨莉，即使她好几个月都没在地下室里过夜了。萨莉的存在总是伴随着一种非常特别的感觉，一种沉重的不安感。吉米探头透过窗户望出去，站在两层楼上，不太能看清他和萨莉家之间的草坪有没有被人踩过，地下室的窗户是不是打开着。不过他的直觉告诉自己那个醒着的人就是萨莉，于是便走向了地下室。

萨莉就在那张她往常睡觉的沙发上，没有躺着，反而双手交叠在膝盖上端坐着。她穿着一件灰色的大T恤，黄色的睡裤上印着粉色的花，长度刚好到脚踝。她正盯着房间里的飞镖板，绿色的表盘上布满了小孔。吉米进去的一瞬间，萨莉转向了吉米，她的脸又白又长。吉米突然感觉到一阵凉意，他走向沙发，坐在了萨莉身边。

萨莉问："你还记得三岁那年发生的事情吗？"

"三岁那年？"

萨莉点了点头。

吉米想了想，说："我不记得。我最早的记忆是在上小学那会儿，很模糊，在那之前的就不怎么记得了，好像什么都记不起来了。"

萨莉沉默了一会儿，说："我们不记得的东西，就跟从来没发生过一样，对吗？那样也就无所谓了，因为它们从来没有存在过。"

"我不知道。"

萨莉说："你想想。有些事你不记得了，也就可能从来没发生过，对你而言并没有什么区别。"

吉米和萨莉从来没有进行过这样的对话。通常，萨莉的担忧总是直截了当，她的痛苦很容易察觉。

吉米说："我不明白。"

"如果我告诉你一件事，你能发誓不告诉别人吗？"

"当然了。"在这以前，吉米和萨莉已经分享了很多很多秘密，但两人从来没有发过誓要保守对方的秘密。他们之间的信任永远不会被打破，这似乎成了一条不成文的约定。这次萨莉突然叫吉米发誓，让吉米多少有些难过，不过吉米还是说："我发誓。"

萨莉说："米基是我的弟弟。"

吉米盯着她，说："他是谁？怎么回事？"

萨莉向吉米解释自己是怎么知道的，还强调约翰求她不要把这一切告诉米基，担心米基会产生被约翰背叛和欺骗、被科琳娜和他的亲生父亲抛弃的感觉。约翰告诉萨莉他不想让米基感到孤单。

萨莉对吉米说："我对约翰说我也不想那样。"

吉米说："可是米基并不孤单呀，他有父亲，即便那不是他的亲生父亲。他还有我们。而且如果他知道的话……还会多一个姐姐。"

萨莉沉默了一会儿。

吉米感受到内心的绝望，说："刚才你说的那些……如果米基永远不知道，如果那些事全都埋在你的心里……就跟你说的那样，对吗？那它们就跟从来没有发生过一样，也就无所谓了。可那怎么可能是你想要的呢，那是你想要的吗？"

萨莉皱起了眉毛，尖尖的下颌紧绷起来，说："我对约翰发过誓。"

吉米的喉咙变得紧张干涩起来，他想起了很多年前的一件事。那次吉米的父母吵架了，吉米很伤心，米基就把自己最喜欢的橄榄球卡片送给了吉米。他想起了米基的忠诚、善良，还有他从未说出口的肃穆沉重的悲伤。

吉米试图说服萨莉："我觉得米基应该知道这一切，即便这不是约翰所希望的。我觉得那样对他会更好，对你也是。"吉米犹豫了一下，心里很清楚自己其实根本不配说出这些话，因为他还瞒着父母自己是同性恋这件事，但是他还是说，"一颗心里要藏着这么多大秘密，不好。"

萨莉沉默了许久，最后吉米抬起头来想看着她在想什么，却发现轻盈的泪水正滑落下她那漠然的脸，与之形成了鲜明的对比。

萨莉说："吉米，你发了誓的。"

吉米说："我知道。"

萨莉说："我是认真的，你发过誓的。"

"我知道。"

吉米用手指甲剥掉了啤酒的商标，对米基说："萨莉是不会违背自己的誓言的，她宁可带着深藏的秘密死去。"

米基说："又或者是因为心里藏了太多的秘密而死去。"

吉米用手捂住脸，轻轻地痛苦地呜咽起来："米基，你能原谅我吗？"声音穿过被泪水浸湿的指缝，"你能原谅她吗？还有约翰，我们都……"吉米用手背擦去泪水，盯着米基，又说，"你有权知道这一切。"

米基毫不犹豫地越过餐桌,温柔地抓住吉米的手臂,安慰他说:"当然可以,"抓着吉米的手臂,又说,"原谅?这很简单。我当然原谅你。"

吉米点了点头,带着哭腔说:"但是你有权知道这一切。"

"现在我已经知道了。"米基说。

两人沉默了一会儿。

吉米喝了一口啤酒,深深地叹了口气,说:"我唯一希望的是……不管到最后萨莉变成了什么样,不管她心里藏着什么样的秘密,不管那些事把她折磨得多么痛苦,我都希望她知道一直有人爱着她。不能把这些话说给她听,我真的很心痛。当初她离得太远,而我说得太迟。"

米基突然想起了一段不太舒服的片段——昨天晚上和艾丽斯在沙滩上的对话。酒和大麻模糊了他对那段对话的记忆,不过他还是记得自己伤害了艾丽斯,拒绝承认爱过她,又或者被她爱过。他离得太远,听不见那些话。

吉米问:"你从来没有怀疑过这一切吗?"

米基摇了摇头,说:"有些事……其实,我和我父亲之间的关系从来不算太好。"

服务员端着他们的鱼肉三明治来了,外面裹着一张油腻腻的纸，放在一个红色的塑料小篮子里，旁边还配着薯条。

米基又点了一瓶啤酒。一种强烈的悲伤和渴望侵蚀了他的全身，他很希望自己明白那是一种什么样的感觉。

两人一边吃，一边聊了些别的事：吉米近期的旅行和投资、今天晚些时候和父母见面的顾虑。他告诉米基，出于对父母的观点和失望的害怕，他没有把自己真实的性取向告诉他们。对此他感到很愧疚。

吉米说："我不想在父母面前改变自己的形象，我就是我，还是他们的儿子吉米，不是'同性恋儿子吉米'。毕竟，那个真实的我又有多少比例是同性恋呢？我不敢把这一切都告诉他们，是害怕本末从此倒置。我不愿意'同性恋'的标签就那样简单粗暴地掩盖了真正的我。"吉米停下来，叹了口气，继续说，"我真的不知道他们听到这一切，会做出什么样的反应。"

米基说："有时候生活就像一个巨大的猜谜游戏，不是吗？我也不知道自己说这话是什么意思。"米基感觉到一种无法言说的疲惫。

吉米一下子喝了好多啤酒，蓝色的眼睛变得模糊湿润起来，说："我知道你是什么意思。"

最后，米基喝完了啤酒，吉米叫服务员来买单。

米基和吉米在餐厅外面互相告别。又起风了，吹过结冰的湖面，冷得生疼；阳光若隐若现。米基把脖子缩到了外套的领子里，鼻子还半露在外面。他紧紧地拥抱了吉米。

吉米说："我们下个月宾夕法尼亚的婚礼上见。"

米基点了点头，说："兄弟，照顾好自己，我希望你和你的家人能共度一段愉快的时光。"

吉米点了点头，米基发现在提到吉米的父母时，那双明亮的眼睛里闪过一丝忧愁。

吉米说："我知道他们都很爱我。我也不知道自己到底在害怕什么。"

从餐厅的停车场开出去后，米基没有右转开上回家的路。他往左转，驶进了11号公路，向北几英里后，转进了68号公路，开向了艾顿。

他还从来没去过父亲工作的地方，也不确定能不能找到。

第二十四章

"戈尔登兄弟"肉类加工厂并不难找，这是艾顿当地最大的公司。公司的大楼从一端到另一端足足有两英里长，占据了城镇的主街道，经过了城里唯一的红绿灯。工厂中高矮不一的黑色烟囱里冒出滚滚浓烟。大门入口的地方挂着一张棕色的大纸，上面画了一个结，是公司的商标，旁边写着公司的名字。米基跟着访客停车场的标志一路开到了前门。

工厂里飘着一股漂白粉的味道，灯光是刺眼的、沉闷的蓝白色。米基来到前台，看见一个穿着亮绿色丝绸上衣、体态彪悍的中年女人坐在一台巨大的电脑后面。

她透过老花镜看着米基，接着摘下眼镜，让它挂在了硕大的胸前。她的嘴唇是亮亮的粉红色，牙齿很黄，脸上涂着厚重的粉底液。她奇怪地看着米基，仿佛在闷热的房间里看到一个穿着厚棉袄的人。

米基说:"我父亲在这里上班。"

"哪个部门?"

"部门?"

"对,部门。"

"哦……"米基想了一会儿,说,"可能是屠宰部。那是一个部门吗?"

"我得检查你的证件。"女人说。

米基在钱包里找了一会儿。

"我要确保你不是来拍YouTube[1]视频的。"女人说。

"为什么?"

"哦,有些小孩儿偷偷带着相机进去,为了给他们的动物保护权益拍短片,所以我们才要检查。"女人解释道,厚厚的舌头在嘴唇上舔了一下。

"没问题。"米基把身份证递了过去。

"你父亲叫什么名字?"女人问。

"约翰·卡拉汉。"

女人把名字输入了电脑,问:"他知道你来找他吗?"

---

1 YouTube,美国的视频分享网站。

米基摇了摇头。

女人说:"我打个电话,你先坐会儿。"说着便向他示意大厅里几把棕色的椅子,旁边摆着一张小桌子。米基从桌上拿起一本《田园和小溪》杂志,翻阅起来。

女人对着电话里说:"他说他是来找约翰·卡拉汉的,你能让他过来吗?我知道……好的,我会转告他的。"

女人挂了电话,看着米基。

米基把杂志放回到桌上,说:"如果有什么问题的话,我就下次再来吧。"他突然感觉到有些拘谨,变得害羞、不自信起来,也不知道该怎么解释来这里的原因。

"没什么,"女人说,"他只是在忙,他的一个同事马上过来。"

米基站起来,正打算向门口走去,说:"没事没事,我不想打扰他们的正常工作。"

女人朝他挥了挥手,手链碰到一起,叮咚作响:"你坐下。"

几分钟后,一个跟父亲年龄相仿的男人从大厅的转角处走了过来。他戴着一顶白色的帽子、一双橡胶手套,系着一条长到工作靴的橡胶围裙,还穿着一件父亲也有的油腻的白色制服,上面沾着血迹。他留着灰色的胡须,长着一个酒糟鼻,笑的时候那双友好的眼睛眯成了一条缝。

"我是唐,"男人说,"我很想跟你握个手,可是这手套……"

米基说:"你是我父亲的同事?"

唐点了点头,说:"四十二年了,你相信吗?我们是在高中毕业后的同一个月来这里上班的,从那时起就一直在一起工作。"

"还真是这样!"米基不想让他看出父亲从来没有提起过这位一起工作了四十二年的同事。

唐说:"跟我一起进去喝杯咖啡吧?"

米基说:"如果他在忙的话……"

"不忙。"唐已经转身往回走了,说,"他应该要收工,准备吃午饭了。"

米基跟在唐后面。

越往里走,漂白剂的味道就越淡,更多的是一种刺鼻、奇怪、恶心的腥味。米基只用嘴唇的缝隙呼吸。

"我们得一直往前走,"唐说,"没人愿意跟那些脏东西待在一起。"说着便笑了起来,看了米基一眼,"你老爸一直跟我讲你的事,现在终于见到本人了,真好。"

"真的吗?"米基听了这句话,很惊讶,甚至无法想象父亲会提到关于他的哪一件事。

唐说:"他说你是个大厨,几个月前还给我带来了你烤的面包。"

米基眨了眨眼，父亲根本就没有赞赏过他做的牛角面包。两人一路走，机器在大门后面轰鸣。米基偷瞄了一眼窗户，看见机器正在搅拌着粉色的肉。随后，粉色的肉在传送带上被装进小罐子里，戴着发网的女人们拿着本子不停地记录，打印机里飞出彩色的商标。还有大堆大堆的信件和空空的总监办公室。

最后，他们来到了走廊的尽头。

唐带着米基走进了一间小小的工作室，里面有一台饮水机、一台咖啡机、两张长方形的桌子。六个人坐在桌前，吃着莎兰牌三明治，喝着盛在保温盒里的热气腾腾的汤。他们的制服上沾着血迹，看来都是屠宰部的员工。米基和唐走进去的时候，只有一半人抬起了头。

唐说："这是约翰的儿子。"

空气里的那股味道让米基恶心起来，他扶正了眼镜。

一个红头发的男人举起可口可乐罐子，夹杂着澳大利亚的口音，说："干杯。"

一个没有眉毛的男人说："我们都很期待见到你，好对你说声谢谢。"

屋子里的其他人也点起头来。

米基问："谢我什么？"

澳大利亚口音说:"那些节假日。"

米基没听明白,问:"节假日?"

没有眉毛的那个人解释道:"你父亲总在节假日里加班,这样我们就能跟家人在一起了。"

屋子里的所有人都点了点头。

澳大利亚口音说:"你爸说你很理解他,不会哭闹。"

米基说:"哦。"感觉到跟父亲交流的断层和疑惑。

"那么,"唐说,"我们去看看你老爸还要忙多久吧。"他带着米基穿过工作室另一边的门,走进了一间很小很暗、只有一个窗户的房间,里面挂满了动物的骨架。

米基盯着房间,感觉很壮观,这里应该足足有两百只动物,到处都是血。他的胃翻滚起来,无法想象屠宰的场面。

唐朝米基右边的一个柜子点了点头,说:"围裙和帽子在那里面,还有口罩,如果你受不了这味道的话。"

米基盯着唐。

"我带你进去找你老爸,难得有孩子来这儿看老爸努力工作呢。"

米基知道只要一进那扇门,就会吐出来,不过他并不想表现出柔弱、偏见或娇气的样子。他打开柜子,拿出了一件消过毒的围裙,套在了衣服上,从胸口到膝盖都被罩住了。他把围裙系好，戴上一顶白色的帽子，又从盒子里拿出了一个口罩戴在脸上，只有眼睛露在外面，眼镜架在口罩上，最后还戴上了一双橡胶手套。

唐拍了拍他的背，带他穿过了一扇门，走进了屠宰室。

里面很冷很冷。

米基仍然用嘴呼吸，口罩被时而吸入嘴里。

两人走过了一排又一排动物的骨架，有些还很新鲜，刚被屠杀不久，因为很多尸体还滴着血，顺着流到了下方倾斜的宽水沟内。工人们在各自的工作台上有条不紊地忙着宰杀动物，只有很少几个人戴了口罩。他们给动物清洗、除毛、肢解、剔肉，割去坚硬的蹄子，把肾脏丢进碗里。血溅在地上和工作台上，黄色的脂肪球堆积起来。唐和米基悄悄地走了过去，员工们并没有抬起头来跟他们打招呼。

穿过整个工作室，唐带米基走进了另一间屋子。这间屋子比之前那间小一点，不过屋顶都很高。透过机器的轰鸣声，米基听见远处黄牛的嘶嗥叫声。在房间的另一边，米基看见了几缕阳光，还有白雪和室外的景色。在屋子的最后面，米基的眼睛定格在父亲身上。

父亲穿着工作服，和几个同事一起站在远处的墙前面。墙面由几个大金属盒子和金属门组成，其中一个人拿着一件两英尺长的黑色仪器。金属门前是一条贯穿整个房间的输送带，在塑料帘子的保护下，穿过墙上6×6英尺的开口，直通米基他们刚刚走过的屠宰室。米基明白了，所有动物都会在这个工作间里死去。

唐靠近米基，说："在他们完工前，别靠得太近，这里全是高压电。"

米基看着一只动物走进了金属门后一个很小的区域。虽然从门后面只能看到一部分棕色的脊背，他还是认出来那是一头牛。它完全没有半点反抗或者受到惊吓的样子。拿着黑色仪器的那个人朝另一个人点了点头，向牛走了过去，举着仪器朝金属门做了一个迅速熟练的动作，他的肩膀也由于电击跟着抽搐了一下。当传送带上的窗口打开时，他立刻跳开，牛落到了传送带上。这时，米基看到了牛的全貌：闪着光泽的铁锈焦糖色，蹄子上还沾着脏脏的雪，耳朵耷拉着，其中一只耳朵上钉着一个黄色的标签，黑色的眼睛睁得很大，已经失去了生气。

米基看着父亲走近那头牛，牛腿还猛烈地踹了一会儿。父亲蹲了下去，把脸贴近牛脸，脱掉了橡胶手套，露出粗壮的手臂。他轻柔地摸着牛的脸，牛的腿还在踹。

唐解释道："那些家伙很快就会失去意识，也不会有任何疼痛，踹腿只是身体的条件反射。另一个房间里的同事负责宰杀，那时候它们就真的死了，但整个过程它们完全没有知觉。"

米基点了点头，看着父亲跪在了牛的脑袋前，轻轻地抚摸它的眼周。

唐解释道："这样我们才能确定它真的死了。如果角膜还有反应，就得再击晕一次。"

米基点点头。

唐说："很多人都说这是最可怕的环节。没有人愿意直视濒临死亡的双眼。"

只见父亲又摸了摸牛的脸，还是没有戴手套，动作是那么温和，那么仁慈，仿佛在摸一个刚出生的孩子。父亲一边温柔地轻抚，嘴唇一边蠕动着似在诉说什么。

过了一会儿，一个同事走向另一条工作线，对另一个同事说了些什么，摸了一下眉毛，笑了起来。米基的父亲还蹲在那里，摸着牛的脸，直到传送带又"吼叫"着挪动起来，牛慢慢地进入了屠宰室。

父亲把手掌撑在地上，颤颤巍巍地站了起来，很费力的样子。米基感受到身体里出现了一种温热的、难过的压力。

"我一直跟你老爸说，这对他的膝盖不好，"唐说，"每来一只动物，他都会像刚才那样蹲下去。"

第二十五章

唐冲着房间的另一边叫起来:"约翰,约翰!"

米基的父亲看了过来,并没有立刻表现出惊讶。米基想起来,自己还戴着口罩,不容易被认出来,眼镜也躲在帽子下面。父亲慢慢地朝他们走了过来,摘掉帽子,用手肘擦了擦眉毛。

父亲走近了,唐拍了拍米基的背,说:"你儿子来看你了。"

约翰的身体突然僵硬起来,看到米基的眼睛时,他挑了挑眉毛。

米基朝父亲点了点头,突然有种摇摇欲坠、恶心的感觉,整个人处在大声叫喊和绝望的边缘。

父亲又拿手肘擦了擦脸,对唐说:"一会儿见,我还有几头牛要处理。"

唐对米基说:"小子,很高兴见到你。"说完便离开了工作间。

父亲盯着米基，脸上带着些许的愤怒，问："你来这儿干吗？"

米基说："我在想——"

父亲指着自己的嘴唇，说："你戴着口罩，我听不清。"

米基把口罩拉了下来，露出嘴巴。屋子里很热，有股腐臭的味道，米基咳了起来。

父亲笑了，把自己的帽子翻过来，递了过去，说："如果要吐的话，就吐在这里面吧。"

米基并没有接过父亲的帽子。

"你来这儿干吗？"父亲问，围裙和手套上沾着毛发和血迹，粗糙的脸上沾着锯末的碎屑。在他身后，一扇巨大的金属门吼叫着缓缓升起，米基再次听见了远处的牛群声。除了死亡的味道，新鲜的空气还带来了动物粪便、香烟和雪夹杂在一起的味道。米基从门下面看到了动物的蹄子。穿着橡胶靴子的工人在粪便、烂泥和雪里行走，一边吹着口哨，一边赶着牛群。

"我不知道这里是什么样的。"米基说。

"我的工作？"

米基点了点头，说："你从来也没提过。"

"你要我说什么呢？"

米基沉默了一会儿。

父亲说:"你有我的号码,没必要大老远来这里找我。"

"没错。"米基说,他无法解释这一切,解释那突如其来的想见到约翰的渴求,想来到这里的欲望仿佛一把锋利的刀,落在了米基的背上,令人生疼。

"说起来,"父亲用粗壮的指关节摸了摸鼻子,说,"我只带了一个人的三明治。"

"我没打算留下来吃午饭,"米基说,"要不这个星期你去我那里吃个晚饭吧?"

自从米基十二年前搬出去后,父亲还从来没有去过他家。

父亲发出了一个奇怪的声音:"嗯?"

"到我家来坐坐吧?"米基说,"你怎么从来不到我家来坐坐?"第一个句子确实是个问句,而第二句一说出来,米基就发觉自己是在责备父亲。

"我过敏。"父亲说。

米基笑了:"对我过敏?"

"猫。"

"哦,真的吗?"

父亲点了点头。

米基说:"哦。"他看着约翰·卡拉汉满是皱纹的脸,很显然，两人并没有什么相像之处。约翰·卡拉汉的皮肤粗糙，骨头也老了，鼻子很大，紫色的嘴唇裂开了，眼角长出了皱纹。虽说已经六十六岁了，约翰·卡拉汉还有着2.0的视力。约翰·卡拉汉的膝盖出了毛病，因为每来一头牛，他都要蹲下去抚摸。米基感觉到有什么东西离开了他的身体，是这么多年来一直堆积在胸腔的某种沉重的黑暗。

房间的另一端有一扇门打开了，又一只动物进来了，黑色的毛发从栅栏间露了出来。一个留着小胡子的敦实的男人朝米基的父亲招了招手。拿着黑色仪器的那个人看了父亲一眼，意思是时间差不多了，该做好准备了。"约翰，约翰，又来了！"敦实的男人在屋子的另一边大叫着。

父亲点了点头，挥了挥手，示意马上就过去。

他背朝着米基，戴上了帽子，说："我们再约吧。"

米基沿着长长的走廊走回大厅的时候，想起了林恩对爱的解释——就像双脚踩住了大地——米基想起了童年里的一件事，那天他和朋友们一起去嘉年华玩。

是艾丽斯的父母带他们一起去的，即使孩子们已经到了可以独自行动的年龄。一到游乐园，艾丽斯立马为所有人做了个决定，先去玩巨型旋转秋千。米基很害怕，他不喜欢高高地悬在空中，而且他的胃也经不住摇晃。可是他不想被排除在外，也不愿意扫了大家的兴致。他跟在大家后面，坐进了最后一个空位。他将双腿间的安全带系好，固定了胸前的栏杆。大柱子底部的音响爆发出欢快的马戏团音乐，柱子被装饰得很漂亮，上面贴满了颜色各异的宝石。

秋千慢慢升到了空中，旋转起来，越转越快，座椅被远远地荡开。空中传来了快乐的惊叫声，大伙儿都高高地举起了双手。只有米基紧紧抓着两旁的铁链，闭上了眼睛。他的胃翻滚起来，肺里充满了沉默的恐惧，大脑在脑壳里轰鸣，啊，真是太糟糕了。

秋千转啊转，终于接近了尾声，速度逐渐慢了下来，座椅轻轻地向内倾斜，大轮盘也降了下来。大伙儿的头发都被甩到了后面，轻松地大笑起来。米基可没这种感觉，他的身体被冷汗浸湿了。他几乎可以肯定自己不是要晕倒，就是会当着大家的面吐个乱七八糟，也不知道哪个更惨。那样的话，他的一世英名就全毁了，所有人都会见证他的耻辱。

秋千越来越低，米基伸直了腿，极度渴望触及坚实的地面。可是还没到落地的时候，他就快坚持不住了，喉咙里出现了一阵温热，要吐了。他决定吐在自己的双腿之间。唉，所有人都会看见的。

就在呕吐物快要到达喉咙口，米基已经失去了所有希望的时候，他感受到了一丝完美——大地升起来接住了他。就在那一瞬间，胃立刻平静了下来，心跳也减慢了，整个身体都冷静下来。常识告诉米基，地面当然不会移动；可是那一刻，事实的确如此，他很确定——大地膨胀着冉冉升起，找到了米基。

第二十六章

下午米基回到家时,可怜的星期五都饿坏了。米基给它倒了些干的猫粮,很快星期五就吃完了。他又倒了些全脂牛奶,喂了些平时不轻易拿出来的猫零食,摸了摸星期五的背。

米基把手机插到充电器上,几个小时前跟吉米一起吃午饭的时候就没电了。他把牙刷从包里拿了出来,还有那件没穿得上的珊瑚绒睡衣。那天晚上他连衣服也没换,就跟朋友们一起横七竖八地睡着了。他脱了鞋,打开冰箱,拿出了一瓶啤酒和一个已经熟过头的柑橘,还有一小袋黑林火腿,走向客厅,躺在了沙发上。星期五也来到客厅,跳上米基的腿,坐了下来,发出愉悦的声音。米基剥开橘子,一口吃了几瓣,又打开了啤酒。

他打开电视机,调到了智力问答竞赛节目《危险边缘》,看了一会儿后才发现有什么不对劲的地方。他斜眼看看屏幕,听主持人大声提问，一个选手按响了抢答器，给出了正确的答案。米基摘下眼镜，用衣角擦了擦右边的镜片，又用手揉了揉眼睛，看回屏幕上，蓝色的屏幕上出现了另一个盲点。

这次米基无法再否认：一团云雾出现在眼前，模模糊糊的，很灰暗，不成形，占据了三分之一的电视屏幕。又是一个新的盲点。

米基关掉了电视，摸着星期五温暖的小脑袋，闭上了眼睛。星期五发出的呼噜声震耳欲聋。在过去的几年里，米基的听觉和其他感官明显增强了许多。他曾经练习在黑暗中来回行走，完成一些简单的任务。明天他会给医生打电话，然后还要去跟公司人力资源部的人谈一谈。

他很想知道哪一部分才会变成最奇怪的呢，是那些梦吗？他听说如果是成人后才变瞎的，就会不断梦见视力健在的日子。会是他无法见证自己变老、永远无法得知他的脸如何经历了时间的洗礼吗？米基想，孩童时期的自己对"隐形"是如此着迷，可最后却恰恰相反，他没能隐形，而整个世界对他而言却全都隐形起来。那一天就快到了，这究竟意味着什么？米基想，应该是新生活的开始吧，一切正在悄然发生。他能听见墙壁里的电流，感受到血管里的血液在沸腾，轰隆隆穿过心脏。

第二十七章

　　林恩婚礼前的一个星期，米基在做晚饭的时候，接到了艾丽斯的电话。米基一边煮意大利炖饭，星期五一边在他的脚边走来走去。米基已经把右眼遮了起来，在整个做饭的过程中，他都没有摘下眼罩去偷瞄一下。他对自己的表现很满意。只有当手机在另一个房间里振动的时候，他才掀起了眼罩去拿手机，以免错过那通电话。

　　"艾丽斯！"米基开心地说，又回到了炉子旁边继续做饭，"什么事？"

　　"今天真是特别的一天啊。"艾丽斯说。

　　"怎么了？"

　　"芬尼可能生了蛔虫，吃什么吐什么。"

　　米基还没来得及回话，艾丽斯又说："还有就是我和克里斯分手了。"

"真遗憾。"米基说。

"芬尼在吃药,希望它能快点好起来。不过它年纪大了,只是时间的问题。还有,克里斯……我把要搬回拉克万纳的决定告诉了她,她不想跟我一起搬走。我们俩都觉得分手才是最好的选择,干净利落。"

"你不想试试异地恋?"米基问。

"噢,天哪,才不要呢。"艾丽斯笑了起来,说,"我?不可能,我时刻需要另一半的关注。不论如何,她平静地接受了。米基,她还年轻。还有就是,我们俩本来就不配。"

"我们现在能聊聊她的声音了吗?"

艾丽斯笑得跟开机关枪似的,尖叫着说:"你可真刻薄!"

"我只想逗你开心。"米基说,"你还好吧?"

"我想,我这么做是对的。我爸的情况很糟糕,他们都需要我,再说,剩下的时间也不多了。我打算过几个星期就搬家,三月初的样子。等林恩的婚礼结束后,再花两个星期打包整理。已经有人想买我的码头生意了,还出了个不错的价钱。"

"这么快?"

米基把电话夹在下巴和肩膀之间,用右手去够白葡萄酒。他发现饭有点稠了,就往里面倒了点酒,继续炖。

艾丽斯说："我看中了路易斯盾的一间房子，不仅能住人，等我有时间了，还能继续做生意。米基，我想我要在那儿待上好一阵了，也是时候安顿下来了。"

"没想到会这么快！"米基说，"我想帮你搬家，日期定了就告诉我一声。"

"对了，"艾丽斯漫不经心地说，"林恩跟你说过，上个星期我有件事想跟你说。"

"哦？"米基已经完全忘了这茬儿。

"我和林恩在那个周末之前通过电话，是我打给她的。那次聚会上，我本来想跟你说的，可是我他妈的酒喝多了，就把事情搞砸了。后来又因为太害羞，没好意思说。"

"你？害羞？"

"我知道。"

艾丽斯沉默了一会儿。

米基问："什么事？"

"这件事我已经考虑一段时间了，你可别以为是我一时兴起做出的什么荒谬的决定，这跟我的分手和芬尼年纪大了都没关系。这件事已经在我脑海里翻腾了好久。是这样的，我想要个孩子。"

"什么？"米基搅拌饭的手停了下来。

"我明白，"艾丽斯说，"这很不像我！可是……"说到这儿，艾丽斯又不作声了。

米基说："艾丽斯，你会成为一个非常优秀的妈妈。只不过这个消息来得太突然，我完全没有心理准备。你想要个孩子。对了，你是打算领养，还是……"

艾丽斯说："我要自己生，最起码要试一试。这也是我要跟你谈的事。现在……"艾丽斯又沉默起来，当她再次开口时，声音变得很急促，因为紧张而颤抖起来，"现在，我不会请求你在经济上支持我，但是……"艾丽斯的声音变得很小，听起来很害怕的样子，米基还从来没见过这样的艾丽斯。

米基摘掉了眼罩，走向餐桌，找到眼镜，戴了上去，又回到了炉子旁边。

"米基，你是我在这个世界上最喜欢的人。"艾丽斯说。

米基眨了眨眼，拿起葡萄酒瓶，直接对着瓶口喝了一大口。虽说酒并没有冰过，米基还是觉得精神为之一振。

"你是要我帮你一起生小孩？"米基问，"要我捐精子给你？"

"没错。"艾丽斯说。当米基说出这些话的时候，明显感觉到艾丽斯松了一口气。他听懂了艾丽斯的意思，把她说不出来的话说出了口。

"还有，"艾丽斯加快了语速，依旧紧张地说，"我并没有打算上个周末就要跟你怎么样。在沙滩上的时候，我喝多了，控制不了自己，做了莽撞的事情。当时，我根本没有什么目的。不过这件事我已经想了很久。听着，就像我说的，我不期待你为我做什么，一切可以在捐助后就……终结。对了，米基，我们甚至没必要通过传统的方式。我们可以，你知道的，用个试管……我做过研究的。不管怎么说，我下个月就搬过去了，到时候我们可以见面详谈……老朋友，你可要经常见到我啦。"

　　米基又停止了搅拌。

　　艾丽斯有力地打破了沉默，说："关键是，当我第一次有了想要孩子这个念头，开始想什么时候、通过怎样的方式和跟谁的时候，你是第一个出现在我脑海里的那个人。有你在总是那么……安心。"

　　"安心？"

　　"又或者，"艾丽斯说，"我们再也不去谈这个话题。如果你不愿意的话，不需要给我任何理由。我会就此打住。下个星期我们会在婚礼上见面，我不想弄得很尴尬。那时候我们也没必要聊这个，或者永远都不要提了。"

　　"艾丽斯，"米基看着锅子里的炖饭，他无法把米粒一颗颗清晰地分辨开来，即便戴着眼镜也看不清，说，"我要瞎了。"

艾丽斯沉默了一会儿，问："你是说你的视力又下降了，还是真的要瞎了？"

"我真的要瞎了。"米基说，"上个星期我去看了医生，他告诉我最多还有一年的时间。我不知道这会不会遗传……我本来不想跟你说这件事的。我得去问问医生，我脑袋里装的事情太多了。"

艾丽斯轻微地叹了口气，几乎难以听到："你害怕吗？"

"倒不是很害怕，"米基说，"我有足够的时间去准备。我一直戴着眼罩在家里走来走去，能给自己穿衣服，还能做一顿像样的晚餐。"

艾丽斯说："米基，我的天。"说着便哭了起来，"你有什么打算呢？"

"再上几个月的班，然后就登记残疾人补助。听音乐，养条狗，如果星期五没有意见的话。出去散步，做些力所能及的工作。接受你和其他人同情的访问，最后等着升天。这不会是世界上最糟糕的事情。"

"怎么会这样呢？"

米基说："是早发性黄斑变性，很稀有，不过也不是从来没听说过。具体原因也不清楚，不过医生说肯定不是我小时候看太阳造成的，可能是因为我手淫太频繁的原因吧。"

艾丽斯大笑道："什么呀？"

"基督教徒不都这么说吗？"米基说，"如果手淫太多，就会失去视觉，失去所有感官，还是别的什么来着？"

"哦，"艾丽斯说，"如果真是这样，那我早就瞎了、聋了、哑了、死了。"

米基笑了，说："听着，还有一件事，是吉米上个星期告诉我的。我父亲不是我的亲生父亲。"

"什么？那他是谁？"

"一个邻居。没人知道我的亲生父亲是谁。不过我倒是知道我的母亲是谁了，是科琳娜。我和萨莉是同母异父的姐弟。"

艾丽斯没说话。米基接着说："约翰之所以把我带走，是因为他觉得科琳娜……不合适。"

艾丽斯低低地吸了口气，接着说道："你和萨莉的确很像，我们怎么就没看出来呢？萨莉知道吗？"

"知道，"米基说，"是她告诉吉米的，可是……我们也不是很清楚她为什么没告诉我。"

"她为什么不想让你知道？我不明白。"艾丽斯说，"我最讨厌搞不清事情的本末了，没有比这更让我讨厌的事情了。"

米基说："那你为什么跟圣徒离婚呢？"

"我的天！"艾丽斯尖叫起来，"你怎么像狗见到骨头似的不肯放过这个问题！"

"我也很讨厌搞不清事情的本末。"

艾丽斯叹了口气，说："我不想提这件事。等一下，我还没问完呢……你父亲——"

"我也不想再细说下去了，"米基说，"我的饭都快煮烂了。林恩的婚礼上，等大家都去睡觉了，我们再详说吧。你会给他们准备礼物吗？"

"你不觉得我们到场就已经是个礼物了吗？"

"我想游戏规则不是这样的。"

"我不同意，"艾丽斯说，"我们会给他们举办派对，这就是我们的礼物。米基，我们不在的话，就没有派对这一说了。"

"什么呀？"

"你想一想就明白了，"艾丽斯说，"话说，你不会想念我的脸吗？"

"什么呀？"

"等你瞎了。"

"哦，不，不，肯定不会的。"米基说，"这应该算是瞎了的好处之一吧。"

艾丽斯尖叫起来："你可真刻薄！我的天，你才是这个世界上最刻薄的人！"沉默了一会儿，又说，"芬尼在吐，我得挂了。"

第二十八章

米基是朋友中第一个到林恩和艾萨家的，婚礼将会在那里举行。外面下着小雪。林恩说要去一座教堂看看。那是离他们家最近的一座建筑了，就在不到几百米的地方。教堂很小，周围种满了松柏和云杉，白色的墙壁脱落得斑斑驳驳，还装着绿色的百叶窗，看上去就像给小鸟栖息的屋子。外面的牌子上写着"社区长老会"。路边黄色的广告牌上印着下一次吃意大利面的日期：家庭风格，没有人会被拒之门外，别忘了自带盘子和刀叉。

不远的地方，一束红色的气球拴在一个信箱上，指明了去林恩和艾萨家的路。空气中荡漾着燃烧的木头和风的味道。

米基刚下车，一辆白色的宝马SUV就在一旁停了下来。吉米从车里跳了下来，给了米基一个大大的拥抱。米基发现吉米把胡子刮掉了，长头发被扎成了一条整齐的马尾辫，挂在身后。

"来见见我的男朋友吧。"吉米一边说,一边示意副驾。

一个结实高大、长着红胡子的男人绕过宝马车,站在了米基和吉米面前。他戴着一顶小小的绿色格子帽。

吉米说:"米基,这是奥德文;奥德文,这是米基。"

米基跟那个男人握了握手。

奥德文用低沉的、带着明显德国口音的英文说:"很高兴见到你。"

吉米看着奥德文,笑着说:"奥德文住在汉堡,我们通了好几年邮件,最近才第一次在现实中见面。什么时候来着?上个星期四?"

奥德文点了点头。

吉米解释道:"我们说好一起去纽约,并且约定如果没有火花,就在晚餐后各奔东西,不过……"吉米羞怯地笑起来。

米基说:"擦出火花了?"

吉米看着奥德文,问:"你说呢?"

奥德文说:"我不知道'擦出火花'是什么意思。"

吉米笑了,说:"我们在城里逛了几天,吃了几顿大餐,逛了博物馆。婚礼后我们就去蒙特利尔滑雪。"

奥德文的脸看上去和蔼友善。他穿着一条松松垮垮的军绿色的裤子,脚踩一双算不上品牌的网球鞋。

吉米说:"没错,我们是在网上认识的,感谢上帝。我们俩都把统计推论作为首要兴趣写在了个人简介里。"

"是数学吗?"米基问。

吉米点了点头,说:"那是好几年前的事了,我们在网上谈论组合分析,这些年来一直保持着联系,最近才决定见面的。"

奥德文说:"我好不容易才让吉米相信我不会把他剁碎,当作晚餐吃了。"

吉米说:"林恩知道后,非常高兴,坚持让我把他一起带过来。"

奥德文扶正了帽子,说:"我不知道要来参加婚礼,也就没精心打扮,这也是为什么我穿着这双愚蠢的鞋子的原因。"

米基笑了,问:"你们今天晚上会在林恩推荐的地方过夜吗?"

吉米摇了摇头,说:"我们要连夜开车,希望能在明天中午赶到蒙特利尔。你呢?"

米基点了点头,说:"我在经济旅馆订了个房间。"

奥德文走在前面,三个人一起走向了林恩和艾萨的家。

路上的雪都被铲干净了,还撒上了盐。吉米放慢了脚步,搂着米基的肩膀,说:"上个月回家的时候,我终于和父母说了,就在跟你吃午饭的那天晚上。"

"你对他们坦白了？"

吉米点了点头，光亮的头发滑过脸庞，仿佛石油一般闪亮。

米基问："一切顺利吗？"

吉米又点了点头，说："不算是我做过的最轻松的事，不过……"

米基抓着吉米搭在他肩膀上戴着手套的手，说："我真为你高兴。"

吉米说："你怎么样？还有你的父亲。"

米基说："几个星期前，他来我家吃了个晚饭，这么多年来他还是第一次踏进我家的大门呢。"

"怎么样？"

"就像你说的，不是我做过的最轻松的事，不过……"

米基用吸尘器把家里都吸了一遍，还在父亲到达前把星期五锁在了自己的卧室里。父亲比约定的时间早到了十分钟，打扮得很整洁，米基还从来没见过父亲穿得这么得体：干净的军绿色裤子、蓝色的衬衫、棕色的皮鞋，只不过鞋带不是原配的。他还带来了一桶满是喷绘康乃馨的绿色卷纸。米基觉得又奇怪又感动，差点没哭出来。父亲把礼物递给他的时候，说："我忘了卖酒的小店今天不开门，不然就买酒带过来了。我不想空着手来，这是我上网搜索后得到的灵感。"

米基做了烤扇贝，配大蒜、黄油和百里香，还有丰盛的豆子沙拉，里面有火腿、甜洋葱、烤桃子和重奶油。两人在厨房的餐桌上用了餐，父亲每吃一口就要问一下吃进肚子里的是什么。

父亲用刀取出了扇贝肉，说："我也不知道你是怎么做出这些东西的，这些高级货。我……吃得都比较简单。"说到这儿他停了一会儿，又接着说，"不是我不喜欢你做的菜，这些高级货，就是不知道该从哪里下手。"

米基想起了小时候家里的柜子和冰箱：麦片、白面包、冷肉、苹果，还有趣多多！

父亲又说，这次语气轻柔得仿佛是在自言自语："或许，当你的孩子提出你能力范围外的要求时，你不该生他的气。"

米基看着父亲，问："你生过我的气？"

父亲没有回答。

晚饭后，两人喝了点威士忌，米基告诉父亲自己要瞎的事。可能就在一年后，也可能不到一年，自己就会完全失去视力了。

父亲沉默了一会儿，说："我不是你的亲生父亲，你应该知道了吧。"

"我知道。"米基停顿了一下，说，"我也知道科琳娜是我的母亲。"

"我就知道是这样。"父亲放下了威士忌，盯着酒杯，威士忌呈现出焦糖色,融化的冰块仿佛旋转的油斑,接着说,"我就猜你知道了,就在你和我的关系……变得不一样的时候我就猜到了。我不是很肯定,因为你一个字也没提。不论如何,我做了那时候我认为对你最好的选择。尽管如此,我当时确实没有做好把一个孩子抚养成人的准备,也没想到养孩子这样的事情会出现在我的生活里。我知道这一切对你来说不容易,我是说,没有母亲的陪伴。"父亲停了一下,又说,"我真的没有准备好。"

米基举起酒杯,轻轻地摇了摇杯子,好让冰块分散开来,问:"那天你在科琳娜家看见了什么?是什么让你打消了把我留在那里的念头?"

父亲沉默起来,表情黑暗、颓废、恍惚,仿佛被人狠狠地扇了一巴掌却无力还击。最后,他说:"有些事过去了,就不值得再提了。"

米基喝了一口酒,说:"你的衣橱里有个箱子,是我小时候在家里翻东西的时候发现的。它很熟悉……我觉得很好玩,它跟家里的一切都不匹配,不像你会买的东西。"

父亲举起酒杯,连喝两口,第二次几乎是吞进嘴里的,冰块碰撞着他的牙齿,他说:"你在我家的第一个晚上,我让你睡我的床,我自己睡沙发上。可是你睡得很不安稳,那么大的床,还掉到地上好几次。第二天,我正准备出门给你买婴儿床,又转念想到你肯定还是最喜欢睡习惯了的床。于是,第二天早上我做的第一件事就是去科琳娜家,看她能不能把你的婴儿床借给我,直到你不再需要。我到了她家,科琳娜在另一个房间里,萨莉在客厅里。我问她能不能告诉我你的婴儿床在哪里。她看着我,似乎觉得这个问题很好笑。我问:'你的小弟弟平时都睡在哪里呀?'她指着那个箱子,箱子就摆在客厅的电视柜前。我以为她误解了我的意思,又问:'他睡在哪里?夜里睡在哪里?'她又指向了那个箱子。"这时父亲的声音更轻了,听起来破碎模糊,"我没有其他办法,只能把箱子拿回了家。刚到家,你就爬了进去,蜷成一团,甚至自己把箱子盖了起来,仿佛小小的你在那里度过的每一晚、每一刻都是在学习如何……消失。"父亲停了下来,食指放在红了的鼻头下擤了擤。

米基感觉到身体里有一种柔软、危险和令人毫无抵抗力的东西正在慢慢诞生,有力地震颤着他的心灵。他能对面前的这个男人说些什么呢?于是他小声地哭了起来,父亲递给他一张纸巾,移开了目光。

屋子里一片沉寂,屋外又起风了,呜呜地号叫着。

父亲终于又开口了,问:"等到什么都看不见了,你有什么打算?"

"我会安排好的。"米基说。

"如果有需要的话，家里的房间一直为你空着。"

"什么？"

"自从你搬出去后，"父亲说，"我每隔一段时间就会把你房间里的那张小床收拾干净，没准有一天你会回来呢。"

和吉米一边走，米基一边在心里悄悄地想起那晚的情景。几个星期过去了，和父亲的那通对话仍然让他内心起伏，感觉很疼，很疼，可是能感受到那样的疼痛，真好。

来到屋子里，林恩和艾萨站在门口欢迎吉米、米基和奥德文。

"林恩，你真是太漂亮了！"吉米说。

林恩穿着一件深红色的真丝长衫、宽松的奶油色丝绸裤子和一双平底芭蕾鞋。艾萨穿着一件黑色的西装，系着一条深红色的真丝领带，把三个朋友介绍给他的母亲、姐姐、叔叔和几个侄子。

林恩带他们走向厨房，那里有各种各样的开胃小菜和冰箱里的气泡酒。

然后她又指向婚礼的牧师，只见一位上了年纪的女人穿着一件得体的、深蓝色的小西装，一边喝咖啡，一边看着贴在林恩和艾萨的冰箱上的照片。

"她姓李，"林恩说，"以前是个无神论者，当过尼姑，还是个世俗佛教徒。"

"现在呢？"

"是我们镇上唯一多信仰的牧师。无神论者、同性恋,还有未婚同居的伴侣都请她做婚礼牧师。"林恩解释道。

回到客厅里,林恩的母亲问起米基的父亲,两人便聊了起来。林恩的母亲还把自己的姐姐,也就是林恩的阿姨,介绍给米基。阿姨正在吃串在牙签上的奶酪块。她长着一张苦瓜脸,嘴唇没什么血色,眼睛很小,衣服的领子很低,乳沟都露了出来。

"这是米基·卡拉汉,是林恩小时候最好的朋友之一。"林恩的母亲介绍道。

"没错,"林恩的阿姨说,把米基从头到脚看了个遍,还伸出手去捏米基的脸,说,"真可爱!真可爱啊!"

林恩的母亲问米基:"这是你第一次来吉姆索普吗?"

米基点了点头。

她又说:"听着,我们的邻镇,开车过去没多少路,绝对值得一去……那里有个玻璃瓶博物馆。你既然都到这儿了,就绝对不能错过。还有博物馆里的解说,啊!"她挥着拳头激动地说,"我告诉你,他们了解一切和玻璃瓶有关的知识。我怎么都想不通林恩为什么就不想去那里上班。"

米基笑了。

林恩和艾萨的家被装饰得很漂亮,白色的灯光沿着墙壁闪烁,红白蜡烛交相辉映。但凡有人走过,烛光就整齐地晃动起来。屋子里还有一架闪亮的钢琴、装满了书的柜子和成堆及腰的乐谱稿件。他们巧妙地用充满香味的新鲜松树枝装扮了一座漂亮的凉亭,深红色的缎带绑在树枝的开裂处,使它固定在了原位。

萨姆和贾斯廷也到了。贾斯廷个子娇小,看上去气色很好,一头长长的金色卷发扎成了半马尾。她咧嘴一笑银色的牙套就跟着露了出来。萨姆还穿着出席萨莉葬礼的那件棕色西装,开了那么久的车,西装上全是褶皱。

"真高兴见到你们。"米基和萨姆、贾斯廷拥抱了一下。

贾斯廷说:"这雪真大。"

米基问:"你们遇到暴风雪了吗?"

"在维基尼亚山那里,"萨姆说,"我们在一辆耕地车后面等了一个多小时。"他看着客厅里的一个女人,问,"那是林恩的母亲吗?"

米基点了点头,说:"她会极力推荐你去参观邻镇的玻璃瓶博物馆。你就等着吧。"

萨姆笑着说:"听起来怎么像一场恐怖片。"

米基看着贾斯廷,问:"你老家是哪里来着?"

"米纳斯托,就在圣保罗附近。"

"这么说你是在这冰天雪地里长大的?不会怀念吗?"

贾斯廷点了点头,说:"我试图怂恿萨姆让他带我们去北边一点的地方住。你看这儿,我也很喜欢你们的家乡布法罗。我觉得住在这里也挺好的。"

"那为什么还留在南部呢?"

"他在那里的工作不错,"贾斯廷说,"我们也很喜欢教堂,也许有一天……"

米基对萨姆说:"你知道吗?艾丽斯要搬回老家了。"

"是吗?"

米基点了点头,说:"我要经常见到她了。"

萨姆扬起眉毛说:"你可真走运!"又笑道,"艾丽斯人很好,可我还是不确定想不想让她做我的邻居。"说着朝前门点点头,"说曹操曹操就到!"

艾丽斯蹲在大门口,正在解工装靴的鞋带。她穿着一条黑色的裤子,一件宽松的深绿色毛衣,头发上沾着雪。

"她看起来不怎么高兴。"米基看着艾丽斯的脸说。萨姆没听到这句话,因为他已经带着贾斯廷走过去打招呼了。

米基走进厨房,吃了一块配有意大利熏火腿和茴香沙拉的烤面包,等艾丽斯跟萨姆和吉米打了招呼,认识了贾斯廷和奥德文,见过了林恩和艾萨,这才走了过去。他抱了抱艾丽斯,发现她全身僵硬。艾丽斯接受了米基的拥抱,却没有抱回去。

米基问:"怎么了?"

"我等一下再告诉你。"艾丽斯说。

米基凑近艾丽斯,问:"你还好吧?"

艾丽斯从嘴巴里挤出了一个"嗯",黑色的眼睛在房间里游离起来,看着厨房,说:"仪式结束后我再告诉你。怎么都没有一点喝的?"

"冰箱里有气泡酒。"米基说,"你要来一杯吗?"

"怎么说也得来个五杯吧?"艾丽斯说,"对了,我轻了五公斤,你都没看出来吗?"说着便从口袋里拿出一支牙签,贪婪地吮吸起来,说,"我正在尝试这种新型的减肥方式,网上看到的,叫少吃一点。"

"哦……"米基靠近了去看艾丽斯的脸,说,"哦,我担心你不会喜欢。"

"什么呀?"艾丽斯说。

"你肯定不会喜欢的。"

米基在艾丽斯的下颌那儿拔掉一根近一厘米的毛发。他举着手指间弯曲的毛发给艾丽斯看。

"天哪。"艾丽斯说着,一把夺了过来。

米基打开了一瓶气泡酒,倒进了两个杯子里。林恩的阿姨突然出现在米基身边,米基也就顺便给她倒了一杯。

艾丽斯看着林恩阿姨的乳沟,说:"好吧。"

米基问艾丽斯今天晚上会不会在镇上过夜。

艾丽斯拿着牙签在嘴唇上转来转去，点了点头，说："就在林恩推荐的经济旅馆里。你呢？"

米基点了点头，说："我也是。不过，好像其他人今晚都会离开——吉米要去北边，萨姆回南部，明天还得上半天班。林恩和艾萨要赶去非利，坐凌晨五点的飞机去苏格兰度蜜月。"

艾丽斯说："兄弟，这么说就只剩下你和我了。那我们可以一边吃薯片，一边看《法律和秩序》，玩医生和病人的游戏。"

林恩的阿姨站在一旁，听见了他们俩的对话，直愣愣地盯着艾丽斯。

米基听见客厅里传来了林恩招呼大家过去的声音。

大家都走向客厅，艾丽斯和米基站在了吉米、奥德文、萨姆和贾斯廷的旁边。

林恩和艾萨走向凉亭，所有人都聚集到他们面前。林恩开始点人数。

"十九、二十、二十一，二十一个人，"林恩说，"人齐了。"

林恩和艾萨站在了凉亭下，所有人都安静下来，两人手牵着手。林恩把牧师李女士介绍给大家，那位小个子、灰头发的女士登上台，手里并没有拿话筒或纸条。

"林恩唯一的要求就是要我的讲话简单明了。"李女士说。

"爱,"李女士的宣讲开始了,"不是一个谜,不是一首诗,不纯洁,也不可怕,是一种超越人类的行为。"

本来就已经很安静的房间变得更加安静了。

"爱,"李女士接着说,"就是你用来爱别人的那段时间,没有其他的规则,就这么简单。"

艾丽斯还在吮吸着那根牙签,听到这儿,她叼着牙签,问前排唯一结了婚的夫妻——萨姆和贾斯廷:"是真的吗?"

贾斯廷点了点头,说:"我觉得是。亲爱的,你说呢?"

萨姆说:"如果两个人都喜欢同一部电视剧,那就更好了。"

艾丽斯小声说:"我希望他们不会养成什么共同的怪癖,比如吃脚趾、踩面包。"

米基看着她做了个鬼脸,说:"说什么呢?"

吉米咯咯地笑了起来。

艾丽斯提高了嗓门,说:"是真的!我发誓,有人专门花钱请女人穿着高跟鞋在他们面前把面包踩碎。"

米基"嘘"了一声。

李女士引导林恩和艾萨许下誓言,交换了结婚戒指。他们并没有把戒指戴在手上,而是穿在一根项链上,戴在了脖子上。李女士宣布两人结为夫妻,所有人都欢呼起来。艾萨的一个侄子坐在钢琴前,弹起了塞隆尼斯·蒙克的《鲁比,我的爱人》。

艾萨挽着林恩的腰,亲了她一下,慢慢地跳起舞来。大家欢呼着也加入到舞蹈中。萨姆搂着贾斯廷的头,亲了一下。

艾丽斯挽着米基,走向了厨房,拿起一块配有烟熏三文鱼和酸豆角的烤面包,拉着米基走到门口,弯下腰去穿靴子。

"跟我来,"艾丽斯有力地说,嘴里塞满了面包,有一股鱼味儿,"我们去外面说,以防发大水。"

米基说:"什么?"

"我怕我会大哭起来。"艾丽斯说。

"你从来不会大哭的。"米基说。

"所以啊。"

米基穿上鞋子,跟着艾丽斯来到屋外。一小时前,外面刚下过雪。现在才下午五点,太阳就下山了。天空的东边是深蓝色的,西边是粉色的,星星在空中不停地闪烁。两人站在花园的入口,艾丽斯沉沉地叹了口气,望着面前的雪景。一只黑色的鸟站在他们面前的电线上。艾丽斯把手伸进口袋,拿出了一块尼古丁口香糖,紧紧地抓在手里。

米基盯着艾丽斯的脸,忽然明白了,说:"是芬尼。"

艾丽斯点了点头,说:"就在昨天。"声音沉重,透着疼痛。

米基抱住了艾丽斯，脖子靠着脖子，感觉到艾丽斯哽咽起来，说："你想跟我聊聊吗？"

艾丽斯摇了摇头，说："我想让你跟我在这儿待五分钟，什么也别说。五分钟过后，我就做好尽情玩乐的准备了。"

米基盯着她。

艾丽斯用右手的食指敲了敲左手的手腕，说："五分钟，计时开始，别说话，时间到了就告诉我，到时候我就做好准备了。"

两人回到屋子里，艾萨的侄子坐在钢琴后面，弹着《日落的北方》。艾丽斯冷静地呼吸了几下，从口袋里拿出一块纸巾，擤了擤鼻子，一边脱靴子，一边跟着那怪诞的曲调摇头晃脑，甩走了脸上的头发。

两人走回人群时，艾丽斯小声对米基说："我刚才想到了一个报复吉米的好主意。"

"报复吉米，为什么呀？"

"还不是他在湖边度假屋给我们讲的那个鬼故事！吓死我了。每次我看到情侣拍照，听到火车的声音，就会想起那个故事。"

"你想到了什么主意啊？"

"我不告诉你，你肯定不会让我那么做的。"

米基往自己的盘子里盛了些烤鸡和咖喱花菜，又倒了杯气泡酒，从眼角瞥见艾丽斯和林恩的阿姨在聊天。

聊了一会儿，两人就分开了。米基看见艾丽斯从房间的一头走向另一头，站在一个可以看清吉米的地方。

米基看着艾丽斯充满期待的眼睛。只见她抬起下巴，指了指吉米，示意让米基仔细听好。米基靠在离吉米和奥德文不远处的墙上，喝了一口气泡酒。

林恩的阿姨走向吉米和奥德文，跟他们介绍了自己，吉米说自己是林恩小时候的好朋友。

"又一个好朋友！"林恩的阿姨说。

吉米点了点头。

林恩的阿姨说："所以，算上你，我见过的林恩的好朋友还有艾丽斯、萨姆、米基和那个金发女孩。"

吉米低下头困惑地看着她。

米基猜到了艾丽斯的计划，在心里坏笑起来，却又觉得一丝恶寒。

林恩的阿姨看着吉米，一脸严肃古怪地说："那个瘦瘦的金发女孩，也是林恩小时候的朋友吧？刚刚在外面跟我打招呼来着，就在仪式开始之前，然后就不见了。"

有一瞬间，吉米的脸上全是惊悚和恐惧，不过他立刻又夸张地翻着白眼,猛地松了一口气,大叫道:"艾丽斯。"他在房间里找起艾丽斯来,又看着林恩的阿姨,说:"她可真行,你也是,差点就上了你们的当。"

艾丽斯在房间里跳起来,终于逮到吉米了。

"就差一点!"艾丽斯说。

吉米说:"我就知道是你,还有你那变态的小把戏。"

吉米和艾丽斯大笑起来,米基跟奥德文解释刚才的那一幕。奥德文两眼发光,充满崇敬地看着艾丽斯,说:"这位女士真是很有意思。"

大家尽情地吃喝、碰杯、跳舞、大笑,整个屋子里充满了令人眩晕的幸福。

几个小时过去了,屋外已经一片漆黑,食物都吃光了,新娘和新郎也累坏了。

大家一一跟林恩和艾萨告别,说好六七月再聚。萨姆提议让大家都去格鲁吉亚,不过家里就只有一间客房。吉米说他会在附近租一幢房子,所有人都可以在那里住上一个星期。

屋外已经积了厚厚的雪,堆在路上还没有被铲掉。星空闪耀,纯净。

第二十九章

米基跟在艾丽斯后面,一起开车去了经济旅馆,旅馆离林恩和艾萨家只有十分钟的车程。到了旅馆,两人各自去了自己的房间,艾丽斯把房间的备用钥匙递给米基,让他安置好了就过去找她。她打算订一个比萨,问米基想吃什么口味的。

米基走进房间时,艾丽斯正坐在大床上,床头柜上摆着一瓶威士忌。艾丽斯正拿着一个小小的塑料杯,小口喝着酒。比萨已经送到了,摆在床中间,艾丽斯拿了一片热气腾腾的香肠,吃了起来。

电视打开着,正播放《法律与秩序》,音量很低。

艾丽斯拍了拍身边的枕头。

米基从咖啡机旁边拿了一个塑料杯,给自己倒了一杯威士忌,在艾丽斯身边坐了下来。廉价的床垫弹跳时发出了吱吱嘎嘎的声音。

艾丽斯说:"我求你了,可别在床上放屁。"

说完她拿了一片比萨放进纸盘子里,热芝士拉了很长的丝。艾丽斯伸出指头,扯断了拉丝。

两人吃着比萨,看着电视,什么也没说。

过了一会儿,艾丽斯终于说话了:"你知道的,我不会强迫你谈不想谈的话题,除非你自己想谈。"

米基又拿了一片比萨,说:"你是说那天你给我打的那通电话,想要一个孩子的事?"

艾丽斯点了点头,带着一副极其痛苦的表情,说:"别,我知道你要说什么,别说了,快闭嘴,就这样吧。"说完把头发撩到了肩膀后面。

米基看着她。

"抱歉,"艾丽斯说,"我之所以那么刻薄是因为我现在很脆弱,而且我知道你要说什么。"

"你知道吗?"

艾丽斯指着屏幕上的演员,说:"我在报纸上看到那家伙在现实生活中虐待他养的狗。"

"真的吗?"米基问。

"不是，我编的，只是想转换话题罢了。"

米基扶正了眼镜，说："我跟眼科医生谈过了。"

艾丽斯侧过头看着米基。

米基说："百分之九十的遗传可能。不过因为没有我的亲生父亲的具体信息，所以也不完全肯定，不过我们的孩子很可能会得跟我一样的病，在年轻时就失去视力。"

艾丽斯点了点头，说："我明白。"

米基喝了一口威士忌，说："我不想让任何人因为我得这种病。你知道的，在你提起这件事之前，我就没想过要孩子。可是，当医生把结论告诉我的时候……我还是比想象得失落许多。"

"因为不能要孩子？"艾丽斯问。

米基摇了摇头，说："不是。"嘴里嚼着冰块，吞下后，接着说，"是不能给你你想要的东西。"

艾丽斯说："哦。"然后拿着比萨硬邦邦的饼边在膝盖上敲了起来。

米基沉默了一会儿，说："你会考虑其他方法吗？"

艾丽斯咬了一口比萨，慢慢地嚼了起来，盯着米基，撩开了遮在眼睛上的头发。"只跟你，我这么说并不是想让你难过。"说到这儿艾丽斯停了下来，咕咚一口吞下了杯子里的最后一点威士忌，又倒了一杯，把酒瓶递给米基，接着说，"我知道我总爱强求别人,不过这么大的事,我是绝对不会强求你的,绝对不会。我尊重你的选择,就这样吧,我没事。"说完目光又回到了电视屏幕上。

米基挪动了身体,说:"也许我会重新考虑——"

艾丽斯举起手,打断了米基,说:"米基,就这样,我没事。"

米基抓住了艾丽斯悬在空中的手,十指交缠,紧紧地握在了一起。过了一会儿,艾丽斯抽开了手,说:"你的手又湿又热,我不喜欢。"

两人沉默了一会儿。

最后,艾丽斯合上吃空了的比萨盒子,把盒子放到了床尾,说:"我和圣徒离婚是因为他强迫我跟他生孩子,所以我不会对你这么做的。"

米基看着她,问:"他想要孩子,而你不想,是这样吗?"

"也不完全是,我只是不太确定,根本就没有多想过这件事。结果我就突然怀孕了,月经没来,我就买了个试纸,自己测了下。结果是两条线。"

"嗯?"

"是阳性的。"

"你没有马上告诉他?"

艾丽斯叹了口气，说："没有，我想自己先把事情考虑清楚。我给最近的妇科医院打了电话，了解到几个选择。当时还只有六个星期，我并没有立刻约定手术时间，而是收集了所有的材料，决定先好好考虑一下。"

"然后呢？"

"就在那天晚上，贾森看见了我手机里妇科医院的电话号码。"

"谁？"米基突然想起自己还不知道圣徒的真名是什么，说，"哦，我明白了。"

"很显然，他经常偷看我的电话，"艾丽斯说，"他生怕我出轨，我没有。测孕的时候我很小心，把一切证据都藏了起来，发票，还有其他东西，除了忘记删除手机里的通话记录。那天晚上他看见了我手机上的号码，也就知道了大半。"

"他很失望吗？"

艾丽斯点了点头，说："他对我没有征求他的意见，就要把孩子打掉这件事非常恼火。我试着跟他解释自己还没有做最后的决定，只不过想先权衡一下所有的选择。不过我的解释一点用也没有。他威胁我说要把我关起来，把我的手机、钥匙和信用卡都藏起来，这样我离了他就什么也做不成了。他还说要软禁我九个月，要去告我，说如果我去打胎，从法律上来讲一定要经过他的允许。我做过调查,根本就没这么一说。他说我被妖魔附了身,说我是恶魔,还说要去炸了诊所,尽是些疯话。"

"在那之前他也这样吗?你害怕吗?"

艾丽斯摇了摇头。"没有,从来没有过。米基,我一知道怀了他的孩子,就感觉到有什么不对劲的地方。要不然我怎么没在第一时间告诉他呢?我的感觉告诉我,这不是我想要的生活。"

艾丽斯把头发夹到耳朵后面,双腿松开又交叠,抠起床垫上的一块斑来。

"后来呢?"

"后来我就逃了出去,再也没有回去过。我的衣服、电脑、书……所有东西全都丢在了那里。我冲出门,开了几个小时车,去了我哥哥那里,再也没有回头。"

"天哪,那个……孩子呢?"

"几天后我就流产了,他们说是压力所致。"

"你当时什么感觉?"

"感觉松了口气。"

"我可以想象。"

"我离开后,他试图联系所有人:我的父母、哥哥、我们共同的朋友……还告诉所有人我拐走了他的孩子,求他们阻止我去堕胎。说是见不见到我无所谓,我们可以分开,他并不介意一个人带大那个孩子。你相信吗？后来我哥哥告诉他我流产了，还帮我集齐了所有文件，在没跟他见面的情况下跟他离了婚。几年后，贾森在脸书上找到我，说尽管我把他伤得很深，比任何人都深，他还是希望我们能做回朋友。我给了他一个简短的回复。之后，他会时不时联系我，每次都说在为我祈祷。"艾丽斯擤了擤鼻子，说，"不过他也从来没具体说过在为我祈祷什么，是救赎还是七宗罪。我只希望听到他的祈祷的人能明白我当时的处境。"

米基说："你怎么没早告诉我？是担心我的看法吗？"

艾丽斯沉默了一会儿，说："你还记得上个月在湖边度假屋里，有人提起我们做过的最坏的事吗？还是别人对我们做过的最坏的事来着？具体细节我不记得了，不过我敢肯定，如果有人问圣徒，别人对他做过的最坏的事情是什么，他的回答肯定是我在瞒着他的情况下，打电话给医院问堕胎手术的价钱。我的意思是，在他心里，我对他做的那件事可能永远都是最坏的那件事。"

"你说得可能没错。"

"可对我而言，"艾丽斯说，"考虑要不要把那个孩子留下来，到最终决定离开他也许是我做过的最好的决定。"

"这又怎么样呢？"

"这很烦人！"艾丽斯把手挥向空中，说，"我做过的最坏的事这个问题是不是应该换成我对别人造成的最深的伤害呢？"

"不是的,"米基说,"你那么做是有原因的,只不过别人无法理解罢了。"

"也不是说我们分开了这么多年后,我才理解他当时的立场。虽然我当时无法同意他对我怀孕的看法,可是也没有完全责怪他。老实说,我很佩服他对那个小细胞的深厚感情。我不觉得那完全是对我的操控,在那之前他也从来没这么做过。所以我觉得真的是因为那个孩子,他爱得很深,很想保护他,觉得那是他的职责。他……我敢说……已经爱上他了?可能吗?我真的不知道。"艾丽斯停下来,喝了一口威士忌。

米基说:"我也不知道。"

"我要说的是,我可以取笑他,可以怨恨他,甚至可以鄙视他,可我无法说服自己去减轻他的疼痛,又或者以轻松的态度来看待整件事。我不想成为某个人的最坏的事,那会令我很心痛。"

"你竟然会为这类事情心烦,我还挺惊讶的。"

"米基,你知道我可能口无遮拦,可我不会去伤害别人。"

"没有一个人是真正无害的。"米基说,"很抱歉我这么说。"

艾丽斯抽泣了一下,挠了挠鼻子。

屋子里安静下来。

过了一会儿,艾丽斯说:"萨莉的离开是我们经历过的最糟糕的事，不过对她而言也许是件好事。就像你说的，我们永远也无法明白事情背后真正的原因。"艾丽斯拿起酒杯，一饮而尽，说，"你说的，没有一个人是真正无害的。"

米基问："那我们该怎么办呢？"

艾丽斯说："你是问我们该如何带着伤痛继续活下去？从桥上跳下去？"艾丽斯犹豫了一会儿，"我不是在开玩笑，我们该怎么办？我想就去……适应，即使心里无法接受。"

说到这儿艾丽斯停了下来，撸起袖子，指着一大块被感染的红色皮肤，范围从小手臂一直蔓延到手肘内侧，有的地方还出现了脓包，有的地方已经结成了黑色的血痂。艾丽斯说："是有毒的橡木，在码头后面砍伐丛林的时候留下的。新的老板要建一个能停下两辆车的车库。我都要疯了，越抓就越痒，真恶心。你觉得恶心吗？"

米基说："我很震惊。"

"震惊？"艾丽斯把袖子放了下来，说，"米基，伤疤才值得震惊，皮疹只会让人恶心。"

艾丽斯拍了拍手臂，拿了一个枕头放在米基的膝盖上，躺了上去，调高了电视的音量，像是说够了，不想再说下去了。

一个小时过去了。

艾丽斯睡觉的时候，米基看完了一整集《法律与秩序》。本森是对的,其他警察什么时候才能学得会?本森的直觉从来都不会错!

米基低头盯着艾丽斯的脸,试图避开视觉盲点,找到一个最佳的观察位置:那苍白的宽脸庞,嘴角处呈现出的小小的C形凹陷,嘴巴微张,一副平常难得一见的安详模样。即使睡着了,艾丽斯的眉毛仍然高高地拱起,像是在准备迎接关键一击。米基忽然十分难过。他抬头环视旅馆的房间。灰色的拉绳百叶窗上缺了一根细长条,窗外是漆黑的夜空,低垂的繁星害羞地闪烁着。一个骨头颜色的烟灰缸放在床头柜上,可笑的是,旁边的一张薄卡片上写着"禁止吸烟"。地毯上有一大块紫色的污渍,应该是廉价的红酒;还有一张破旧的小桌子,旁边没有配套的椅子。米基看着艾丽斯的脸——德彪西的钢琴曲《一号阿拉伯风格曲》——接着又把视线从艾丽斯的脸上挪开了。

艾丽斯终于有了动静,她从床上坐起来,揉了揉眼睛,打了个哈欠,撩去脸上的头发,眯着眼睛看有线盒子上的电子时钟,已经快到午夜了。

艾丽斯说:"看来我得叫你回房间了,我不喜欢跟别人睡在一张床上,没准你还会流汗,弄湿床单。不过在那之前,我想跟你聊一聊死亡。"

米基看着艾丽斯，艾丽斯盯着面前的电视，说："你还记得杰克吗？小时候我们家养的那条狗。"

"当然记得。"

"杰克是条好狗，"艾丽斯说，"我刚上大一的时候，杰克已经很老了，又瞎又聋，什么都吃不下，瘦得皮包骨头。我父母说是时候送它走了，我求他们等一等，让我圣诞节回家跟它告别。"

"他们等了吗？"

艾丽斯点了点头，说："他们一直等到圣诞前的一个星期，我从学校回到了家里，见到了杰克。就在同一天晚上，当我还在睡觉时，杰克爬到了地下室里。天知道它是怎么爬过去的，它的髋骨很脆弱，而且很久都没爬楼梯了，不过还是成功了。它躲进最远的角落里，钻到了热水器后面，好尽量离我们远一点，蜷缩成一团趴在地上，就这么走了。第二天，我们找了好久才找到了它。"

"动物都是这样的，不是吗？到了最后都会选择独自待着。"

艾丽斯点了点头。"那是野性的直觉，天生流淌在血液之中。动物死后身体里散发出来的化学物质对活着的人是有毒的，所以才会到快不行的时候，在半夜里悄悄走开。这是杰克的故事。现在，芬尼……"她说，"芬尼是一条坏狗，朝小孩狂吠，在屋子里随处大小便，就跟这是它的工作似的。它把家里的每一件家具都整得不成形，把我的鞋子都咬坏了，一双也不放过，从来都学不会坐下和蹲下，还总是叫个不停，笨死了。米基，你知道我很爱它，它是我一生的挚爱。可是我的天啊，它是一条坏狗。可怜的小家伙，它的身体系统已经停止运转了。上个星期，一连几个晚上，它都在半夜从床上爬起来——它的床就在我的房间里，而且它一直睡在那里——就这么从我的房间里跑出去，跑向了大门，像是要去什么地方。我知道这意味着什么，知道它要干吗，也知道时间到了。可就算是天性叫它这么做，我也不想让它跟杰克似的，独自度过最后的时光。"

艾丽斯咽了一下口水，闭上了眼睛，继续说："昨天，就在兽医给芬尼打针之前，我陪在它身边，抱着它，然后把它摇醒。我从没有想好要说些什么，事情会如何发展，因为我根本无法想象这一刻的到来……可是……就在那一刻来临的时候，我用手捧着那张疲倦、苍老的面孔，说：你是最好的狗狗，你很完美，现在你可以安息了。你永远都是最完美的狗狗。"

艾丽斯停了下来，米基不确定故事是否到这里就结束了，不过艾丽斯看上去已经不想再说下去了。她哭了起来，米基抱住了她。

第三十章

几个星期过去了，米基从托那万达的杂货市场里买了手套、泥铲和一个五加仑的水桶。艾丽斯搬回来了，她打算等地面一解冻，就带米基去抓虫子。她吩咐米基去买了工具，还告诉他要是无法忍受虫子的味道，就戴个口罩。她知道米基的胃经不起折腾，不过米基觉得自己能应付。

天空灰暗，三月初依旧很冷，风很大。就米基右眼的情况来看，他已经不应该再开车了，不过还是搞了个例外，而且没有上高速公路。

风在米基身边旋转起来，呼呼直响。

他把工具都放到了后座上，眼神落到了停在一旁的车上。那是一辆很旧的雪佛兰，轮子都生锈了。其中一扇后窗破了，车主用胶带粘上防水布，草草了事。

米基看着雪佛兰后面的购物车，里面装满了假花：有巨大的塑料百合、丝桃玫瑰、尼龙牡丹、长在绿枝上的小玫瑰，颜色蓝得有些过了头，还有很轻的塑料花盆，里面装着假土壤。

米基看着那些花，又看了看那个把花装进雪佛兰里的女人。

那个女人穿着一件宽松的黑色棉外套、一条灰色的运动裤和一双粉色运动鞋。一头黄灰色的头发稀薄得很，梳了个中分，扎成了低低的马尾。粗糙的皮肤泛着不可思议的光泽，却又同时显得不可思议地呆板。她全身都带着一种灰色调，包括那双无神的奶油色的眼睛，还有些驼背弯曲的身姿。只一眼，米基就认出那是科琳娜。

米基盯着科琳娜，看着她把花装进车里，艰难地挪动着脚步，他试图阻止"母亲"这两个字进入脑海。科琳娜一心忙着手里的活儿，解开一小束玫瑰花骨朵儿，小心翼翼地装进了车里。

米基开始想象科琳娜把这些花全都搬进家里，那个她和萨莉住了这么多年、在英格拉姆大街上的家，和父亲家就隔了几座房子。那座可怜的灰色的小房子，墙壁都褪色裂开了，屋顶上的瓦片几乎全都碎了，草坪上长满了杂草。

米基试图想象科琳娜把这些花都搬进家里去，用它们来取代人们送给萨莉的已经枯萎的鲜花。米基在想科琳娜有没有把那些枯萎的花和充满污水的花瓶给丢了，想象着科琳娜现在买的这些花跟人们送给萨莉的花一模一样，一朵都不差，会把它们照原来的样子都摆好。她会不会想要在这凝滞不变的悲伤中度过余生，这些花会招灰尘，可是永远不会死亡，不会枯萎。

米基不知道萨莉和科琳娜在一起的生活是什么样的，两人之间是不是存在爱或者其他的东西，也不知道她们是如何生活的。这时，米基突然想到了自己的亲生父亲，他对他同样一无所知。如果萨莉的亲生父亲一直在萨莉身边，又或者他自己的亲生父亲一直在身边，他们的生活会发生什么样的变化呢？在那个阳光灿烂的下午，如果他没有从科琳娜的家里跑出来，事情会发生怎样的逆转？又或者他跑到了另外一户人家的草坪上？

有些事，米基连去想象的精力也没有。

科琳娜终于把花全都装进了车里，想把车门关上，从脸上的表情可以看出要把车门关上不容易。

米基问："要帮忙吗？"

科琳娜退了一步，好让米基帮忙关门。她似乎没有认出米基来。米基抓住门，关了回去，拍了拍雪佛兰的保险杠。上车前，科琳娜看了看米基，脸上写满了伤痛，痛得米基撇开了眼睛。

寒风吹打着米基的脸庞，他看着雪佛兰开出了停车场，在心里问科琳娜有没有再去过那座大桥，又或者跟他一样，宁可绕远路。他看着车开远了，缓慢地朝北开去，开过一片又一片灰色的地带。

第三十一章

　　一个月后地面才完全解冻。四月的第一个星期天，艾丽斯凌晨两点接上米基出发了。她说需要米基帮忙，叫他定个闹钟，别睡过头了。米基穿着一件父亲的旧工装服、牛仔裤、靴子，戴着手套。艾丽斯往东开了三十英里，开向了可孚岛旁边的那片森林。

　　艾丽斯戴着一盏头灯，拿着一把铲子，米基提着五加仑的水桶，把泥铲和一顶针织帽装在了篮子里。

　　两人一边走，脚下的地面一边咔吱咔吱地响。

　　米基的眼睛退化得很快，每天都能感受到变化，特别是在黑暗中。艾丽斯抓着他的手，走在一条小路上，帮他看好路上的阻碍。除了脚步声，就剩下远处夜鸟的叫声和风吹过叶子的窸窸窣窣的摩擦声。

　　走了一会儿，米基问："你确定我们是安全的吗？这里这么偏僻，又是大半夜。我们不会闯进什么怪人的私人地盘吧？"

艾丽斯说："安全？"

"你看过电影《激流四勇士》吗？"

艾丽斯哼了一声，说："米基，你真该与时俱进了。"

艾丽斯拿着导航，找一个当地的渔夫向她推荐的地方。她是在为生意找房子的时候认识那个渔夫的。

米基陪艾丽斯看过好几次码头的选址。他们前往外港、伊利盆地附近、时代海滩自然保护区。虽然米基看不清，不能就地点和房屋结构给出艾丽斯需要的意见，不过她还是想让他来好好"感受"一下那些地方。她第一次问米基对一个地方的感觉时，米基理解错了，嗅了嗅周围的空气，说："死鱼、香烟、船的尾气，它们的味道都差不多。"

"不是气味，你这个傻瓜，"艾丽斯说，"是感觉。"

"什么意思？"

"你感觉这个地方怎么样？"

"空气吗？潮湿、冰冷、新鲜、鱼腥味。"

"你的心怎么说？"

"我的心？除了显而易见的那一点，我很少知道它的感受。"

"哪一点？"

"它还活着。"

导航显示他们到达了目的地。艾丽斯让米基坐下,自己拿起铲子铲了起来。地面并不难挖,湿润的土壤被呜的一声铲了起来,一直挖到了基石,和铲子响亮地碰撞在一起。艾丽斯继续在石头周围卖力地挖,时而停下来检查一下。米基能听到艾丽斯的手指在土壤里穿梭的声音。

夜晚的空气里充满了常青树、新鲜的泥土和钢铁的味道。

"他们没说谎。"艾丽斯说。

"有很多虫子?"

"嗯。"

米基问:"你要我做什么?"

"帮我拿着桶。"艾丽斯说。

米基站在艾丽斯旁边,拿着桶。艾丽斯趴在地上,用手支撑着身体,很快就挖到了虫子,丢进桶里,发出扑通的声音。

"好,好,好,"艾丽斯嘟囔起来,"都很肥。"

冷风吹在米基脸上。远处,一只东方猫头鹰在黑夜里尖叫。随着视力的减退,米基的嗅觉变得越来越灵敏。现在他是多么希望自己听取了艾丽斯的建议,买了个口罩。从地里面泛出来的鲜活的虫子的腥味让他的胃起了微微的反应。他能感受到桶里的虫子在蠕动。他把鼻子缩进了衬衫领子里,嗅着洗衣粉的味道。有一只小动物在附近的灌木丛里发出了簌簌声,然后又飞快地跳走了。过了好久,那跳动的声音才从米基的耳朵里消失。

猫头鹰又叫了起来,米基突然想到小时候跟萨莉的一段对话。萨莉把自然课上学到的各种孤独的动物的奇怪而又无法预测的迁徙讲给米基听,其中包括雪鸮。米基当时并不知道迁徙是什么意思,萨莉给他解释道:"是动物的一段漫长的旅行。"

米基问:"是为了寻找食物吗?"

"有时候,"萨莉说,"有时候科学家们也无法理解它们迁徙的原因,有时候……那个……就像本能在心里驱使它们,叫它们离开,于是它们就离开了。"

米基举着的桶越来越重,问:"我为什么要举着这个桶呢?"

"嗯?"艾丽斯停了下来,从她戴的头灯来看,米基大概知道她把脸转向了自己。

"我为什么一直举着这个桶?"米基在一旁坐下来,说,"我什么忙都帮不上,不能开车,不能挖土,不能看导航,不能帮你捉虫子,你也不需要我帮你举着桶。我在这儿干吗?你叫我来干吗?我根本就帮不上忙。"

从停车的地方到他们所在的地方要走二十多分钟的路,从周围的声音和空气的密度米基可以判断出四周丛林密布,气味绵软又刺鼻,一点人类活动的声音也没有。没有汽车,没有声音,也没有电。空气苍老、寒冷、鲜活、诡异。

"我根本就帮不上忙。"米基重复了一遍。

"你怎么帮不上忙了?"艾丽斯说。

四周很安静,艾丽斯又挖起虫子来,一边把虫子从地里挖出来丢进桶里,一边小声嘟囔。虫子落进放在地上的桶里时,发出了扑通扑通的声音。

黑夜里传来一阵尖叫,是远处的猫头鹰。米基想:猫头鹰是在等待着某个答案,还是仅仅在漫无目的地尖叫?

米基说:"你是我最好的朋友。"

第三十二章

五月的一个星期四的下午,约翰·卡拉汉的胸口突然疼起来,被送进了圣玛丽医院。心电图检查显示一切正常,几个小时后他就出院了。不过医生建议他要么退休,要么去找个轻松的体力活。约翰还不想退休,米基就提出帮他从报纸上找工作。在接受米基的帮助前,约翰就已经在忙着整理简历了。他从网站上挑了一份过时、格式不严谨的简历模板,奇怪的是,要下载这么差的模板,还得交2.99美元。

一天晚上,两人坐在米基家的餐桌前,米基听父亲大声念简历:高中毕业后,就去肉厂里工作了。后面还附上了一段他在工厂的职责描述。

米基帮父亲在网上应聘家得宝、托普斯、沃尔玛收银员的职位。

父亲很快就没了耐心，两人决定就此打住，一起喝杯啤酒。那是一个温和的春天傍晚，米基和父亲把塑料椅子搬到门廊上。大街上推式割草机在小草坪上来回嗡嗡作响，孩子们踩着滑板，穿着溜冰鞋，飞驰过人行道，空气里充满了青草的味道。

父亲说："多美的日落。"然后又看着米基，问，"你看得到吗？"

米基眯着眼睛，目光穿过草坪，透过黑漆漆的一排树，看向了西边，说："有一点粉色、一点蓝色，我能看到的就这么多了。那些颜色都很单薄，跟褪色了似的，好像整个世界都因为温度太高，被洗得褪了色。"

父亲沉默了一会儿，说："有粉色，还有紫色、蓝色、黄色、一缕金色，然后又是粉色，仿佛老虎身上的条纹，一条紫色……隔着……一条橙色。"

米基突然被一个奇怪的想法击中：他的父亲正在和他成为朋友。

父亲说："你一直都很喜欢天空，还记得小时候的那次日食吗？"

米基点了点头，说："那时候我正在学校里。"

"你们都很激动，"父亲说，"我从来没见过你对什么事这么激动过。你们上自然课的时候肯定也讲了。那天早晨，你还让我保证在午饭的时候一定要出去看日食。"

米基问:"你看了吗?"

"没有,"父亲说,"我忘了,一直忙到下午。"

两人就这么坐着,谁也不作声。米基喝着啤酒,脑海里突然出现了一份对日食的清晰的记忆,他任由记忆缓缓展开,不放过每一个细节。

同学们和自然课老师准备了好几个星期,等待日食的来临。老师告诉他们,在远古时期,日食被看作一种超自然现象,代表了不好的征兆。如今,人们都知道这不是真的。他们还学到太阳的直径大概是月亮的四百倍,学习了日冕、本影和环的定义;了解到即使离太阳这么远,暴露在太阳光下也是有危险的。老师让他们在看日食的时候要保护好自己的眼睛,这样就不会破坏视网膜了。"不用观察盒子的同学有可能会瞎",这是老师的原话。所以每个同学都分到了一个纸盒,盒子的尺寸都一样,没有底部,每个盒子上都用记号笔写着各自的名字。

看日食的那天下午,同学们来到操场上,以年级分组。这就意味着米基和朋友们不站在一起,他们都比米基大一年。校长拿着话筒给大家讲观察日食的规则。

那时正值深秋,干燥的秋风扫过操场。

校长让大家戴上盒子。

米基戴上盒子，颤抖起来。早上他还提醒父亲看日食，父亲说他会趁午饭的时间出去看。这样，他就能和米基同时看到日食了。

一种奇怪、空洞的沉默出现在操场上。

米基忍不住轻手轻脚地摘下盒子，放在了脚边，尽量不去引起旁边同学的注意。他看着操场，仿佛一个巨大的棕色盒子的迷宫，高矮不一，不过抬起的角度都一样。每个盒子上都写着名字，盒子里的小脑袋们都在等待着那件美丽的事情发生。

米基看见他的五个朋友站在一起，跟米基隔了几排。虽然他没有看到盒子上的名字，但还是从鞋子、运动裤和身材认出了他们。艾丽斯并没有跳舞或是不耐烦地跺脚，每个人都很安静。几个星期前萨莉关于日食的话浮现在米基的脑海里，她说："这也许是我们一生中见到的最美丽的事物。"

操场上空，十一月的天空很清冷，只有几片灰色的云朵，仿佛是用匆匆的笔触画出来的。米基看着月亮一步步靠近灿烂的琥珀色的太阳。虽然不想违背规则，不过一件如此美好的事情正在发生，他不想让脸上的任何一个部位错过这样的美好。

浩瀚的宇宙，有太多东西可以去观赏，去感受！

说到感觉，有一件事米基是知道的……总有一种异样的感觉，蹲伏在阴影里等待，即便在这样的情况下，看着一生中最美的事物也一样。那是一种失落，仿佛鸟儿飞过后留下的庄严的空虚。那种感觉纠缠着米基，严实地包裹了他的心，叫他无法感受幸福。米基无法形容这种感觉，不过他很小的时候就明白，这种感觉是永远不会完全离开他的，是他心里的本性，而它会永远待在那里，即使他心情明朗，即使他以为已将它置于身后。

很多年前，米基问过父亲那究竟是一种什么感觉。那时候他还很小，还不明白就这么谈论感觉是一件很愚蠢的事。米基说："有时候，我心里很难过，很难过。"父亲说："我也是。"父亲也有同样的感觉对米基来说是一种莫大的安慰。随着时间的推移，他开始珍惜这种虚无的感觉。它是永恒固定的潮汐，是一个不离不弃、值得信任的好朋友，是米基宇宙中真实的太阳。

第三十三章

六月的第二个星期，吉米在奥康内湖旁边租了幢房子，离萨姆和贾斯廷家只有一小时的车程。除了米基和艾丽斯，这是其他人在林恩的婚礼后第一次聚会。不过这期间大家都频繁地写邮件，保持联系。

贾斯廷已经怀孕十二个星期了，这可把他们夫妻俩乐坏了。他们并不急着知道宝宝的性别，不过都猜是个男孩。到了秋天，萨姆的公司要在克里兰夫开一家分公司，所以他们计划着搬去中西部地区，好离双方父母家近一点。萨姆说，他们会想念这里的教堂，不过对那个新上任的神父并不太感冒。

九月里，林恩和艾萨会去埃塞俄比亚的首都亚的斯亚贝巴。

他们将在艾萨的小学里教一年音乐。一年后，他们会搬回布法罗，好跟林恩的母亲住得近一点。艾萨打算录首张专辑，林恩已经跟布法罗戒酒协会的领导谈过了，表明了她对协会某个职位的兴趣。

四月里，奥德文搬去了洛杉矶，在上一次吉米回家的时候他也跟着拜访了吉米的父母。吉米说他父亲没说什么，但是在两天内喝了五瓶森布卡茴香酒；母亲却很喜欢奥德文，一直摸他的红胡子。两人很喜欢彼此的口音。母亲教奥德文跳普利亚达地区的塔兰泰拉舞，奥德文把奶奶的苹果派和杏仁糖的秘密配方告诉了母亲。

吉米说以后每年的夏天，他和奥德文会去布法罗的湖边度假屋里避暑——因为奥德文无法忍受洛杉矶的炎热。吉米还说他们相爱了。

艾丽斯住在离米基家十英里的地方，镇子名叫阿伦敦，并且买了家店面，准备继续开码头。店面就在时代海滩自然保护区的北岸。店铺还有几个月才开门，不过她已经开始慢慢准备起来了。

艾丽斯每个星期都会去米基家好几次，而且每天都会打电话给他,经常一天好几通,没什么固定的时间。当她叠衣服或者做饭的时候,就打开免提跟米基聊天,要不就是开车时,跟着电台里播放的音乐唱歌给他听。

搬回去不久后,艾丽斯发现每个星期二和星期五,布法罗爱乐乐团会对外公开排练。那些天,她就会把米基送到礼堂去听音乐,自己就去城里办事。米基不敢相信,他在布法罗住了这么多年,竟然从来没听说过乐团公开排练这回事。他从来没去过爱乐乐团的演奏会,因为票价并不便宜。不过他也从来没想到过会有别的能听到演奏的方式。艾丽斯没兴趣在那里坐上整整两个小时,不过也从来没有抱怨过接送米基。回家的路上,她会询问今天的排练怎么样,每次听到某个音乐家弹走音或者是错过了指挥的某个提示这样的事,她就会很高兴。

五月里,米基在自己家里摔了个跟头,打电话给艾丽斯,让她送他去医院。他的手腕摔断了,打了石膏。米基很讨厌自己,备感羞愧。艾丽斯一直在医院里陪他,当前台要米基提供紧急联系人时,艾丽斯把自己的信息留在了那里。

几天后,米基去了艾丽斯家,艾丽斯极力否认大门动工的事实,直到米基一再追问,她才承认把阶梯改成了坡道。

"我是瞎了,但不是一无是处。"米基说,"我摔倒就是因为笨拙罢了。"

"我知道，"艾丽斯说，"可是我也不想你在我家把脖子摔断了，跑到法院去告我啊。"

米基笑了。

两人沉默了一会儿。

"别对我撒谎，"米基说，"我是认真的，不是说坡道什么的。只是以后你说什么，我就只能信什么。这不公平。"

艾丽斯轻轻抓起米基的手，拍了拍，强行把他的手指塞进了一盘子黏黏的、温暖的东西里。

米基把手抽了回去，放在胸前，晃着手指，问："那是什么鬼东西？"

艾丽斯笑了，说："我在做果酱，要是不相信的话就舔舔你的手指呗。"

"我就不相信了。"米基说着，先闻了闻，再舔了下手指。

艾丽斯说："说到完全的信任，有件事我要告诉你。"

"哦？"

"那天晚上我把你从医院接回家的时候，你在车里睡着了，我就从大桥上开回来了。"

米基没说话。

艾丽斯说："我讨厌走尼亚加拉大街，每次带你出去，从那儿绕道都要多开十五分钟。总之，米基，你也该跨过那个坎了。我不是说萨莉，也不知道谁能跨过那样的坎。不过是时候去战胜对那个地方的恐惧了。因为你已经去过那儿了，就在悬崖边上，只不过不知道而已。我们刚刚开车直直地经过了那里。"

第三十四章

艾丽斯和米基一起坐飞机去亚特兰大，吉米、奥德文、林恩和艾萨会在机场等他们，六个人一起租车去奥康纳湖。

艾丽斯会在早晨六点钟到米基家，接他一起去机场。现在已经六点一刻了，米基紧张起来，担心错过航班。

星期五在米基的双腿和行李箱之间走来走去，米基蹲下去，摸了摸星期五暖暖的小脑袋。米基的父亲每周会来给星期五喂食，打扫猫砂盆。在过去的几个月中，每个星期天米基的父亲都会去米基家，因为米基已经不能再开车了，而且父亲有大把的时间。他现在每周在一个名叫"汽车区域"的公司上二十个小时的班。约翰发现只要在去米基家前吃一片抗过敏的药，过敏的症状就会减轻许多。

米基拿起手机，拨通了艾丽斯的电话。

只响了一声,艾丽斯就接通了电话。

"好了好了,别催了!"艾丽斯说,"马上就到,五分钟。我刚刚去麦当劳买早餐了,不用谢。"

米基和艾丽斯每周至少要去麦当劳吃一次早餐。艾丽斯每次都会点三个煎土豆饼、一杯可乐和一个牛排百吉饼。第一次点百吉饼的时候,米基看着她把整个百吉饼吃光了,问:那真的是牛排吗,还是一个百吉饼版本的汉堡?艾丽斯冲着米基吼起来:"是牛排,要不然他们怎么会叫它牛排呢?"

"我给你买了饼干和咖啡,又甜又不会把肚子吃撑,你最喜欢的。对了,不用谢。"艾丽斯又说了一遍,"话说,要我帮你收拾行李吗?"

"不用,我只有一个箱子,就是担心错过飞机。"米基说,"听说上午安检的队伍会很长,尤其是在周末。"

"要是有需要的话,我们可以用你的盲人优先卡。"

"你知道我不喜欢这样的。"

艾丽斯说:"别担心了。"

说完就挂上了电话。

在过去的几个月里,艾丽斯在米基家装上了声控软件、围栏,还把厨房里锋利的刀具装进了一个单独的抽屉里。冰箱和衣橱都进行了全新的改造，袜子都一双一双地打好结，根据颜色分好类。除此以外，还装了一个报警系统，如果米基家的一氧化碳探测器响了，艾丽斯就会立刻在手机上收到信息。现在的米基就跟八岁时一样，时刻需要艾丽斯。

艾丽斯把车停在米基家门口，不耐烦地按着喇叭。米基在星期五的脑袋上最后摸了一下，星期五把小脑袋和湿润的小鼻子伸进了米基的手掌里。

米基打开前门，手里拿着行李箱。

春天里温暖的空气是那么甜美、华丽，充满了土壤和嫩草的味道。米基能清晰地分辨出不同的花香：山茱萸、风信子、风铃草、丁香花、蜜花。他想象着院子里的连翘盛开的样子，一定是生机勃勃的香蕉黄，仿佛古斯塔夫·霍尔斯特的《木星套房》。

米基感觉轻飘飘的，欣喜得有些头晕，又要见到好朋友们了！他贪婪用力地长吸一口气。

"我们要迟到了！快点！你干吗呢？"艾丽斯坐在吉普车里，冲米基大叫起来，按着喇叭催促他。

米基离开了大门，走上通往大街的石板路，行李箱的轮子在身后吵个不停。

"我只是在等待。"米基说。

"等什么？"艾丽斯问，"快点，你这个磨蹭鬼！"说完又按了一下喇叭，喇叭里传出了愉悦的音调。天哪，她好烦人！

"等你告诉我该往哪里走。"米基说。

一股暖流在米基的脸上蔓延开来，正如医生所料，如果看不到亮光了，也就到了最后一个阶段。不过米基不需要看到亮光，也知道太阳正照在自己的脸上。

"爱"这个词……对他而言，曾经是那么可怕和古怪。然而如果没有那些做过的、说过的、在心里质问过的可怕古怪的事，生活又怎么能称得上是生活呢？这样，人们才能抱着狂野的、毫无理由的希望，期待有一天，有个人能抱着自己的脸，说："你是那么完美，现在你可以安息了。对我来说，你永远都是最完美的。这并不是因为我们真的那么完美，又或是勇敢、强壮、善良，只是因为这么多年来，大家一直都是最好的朋友。"

鸣　谢

感谢米歇尔·特斯拉尔、洁西卡·科思、杰克·舒梅克尔、梅根·菲诗曼、尼可·卡普陀、常瓦名、简尼·可为兹、莎拉·巴琳娜、简尼·阿尔通、杜思婷·可兹、欧兰卡·贝克斯、科里·特拉奈尔、米亚可·辛格尔、尤里·布亭。我要对我的朋友和家人表示我的爱和无限的感恩,是你们让我的生活充满了乐趣。

马上扫二维码,关注"熊猫君"

和千万读者一起成长吧!

图书在版编目（CIP）数据

如果萨莉没离开 /（美）丽贝卡·考夫曼
(Rebecca Kauffman) 著；孙远译. -- 上海：文汇出版社, 2019.6
 ISBN 978-7-5496-2872-8

Ⅰ.①如… Ⅱ.①丽…②孙… Ⅲ.①长篇小说－美国－现代 Ⅳ.①I712.45

中国版本图书馆CIP数据核字（2019）第116968号

THE GUNNERS by Rebecca Kauffman
Copyright © 2018 by Rebecca Kauffman
This edition arranged with Tessler Literary Agency,
through Andrew Nurnberg Associates International Limited.
Simplified Chinese translation copyright © 2019 by Dook Media Group Limited.
ALL RIGHTS RESERVED.

中文版权 © 2019 读客文化股份有限公司
经授权，读客文化股份有限公司拥有本书的中文（简体）版权
著作权合同登记号：09-2019-438

如果萨莉没离开

作　　者　/	[美]丽贝卡·考夫曼	
译　　者　/	孙　远	

责任编辑　/	吴　华	
特邀编辑　/	张敏倩	武姗姗
封面装帧　/	苏　哲	

出版发行　/　文汇出版社
　　　　　　上海市威海路755号
　　　　　　（邮政编码200041）
经　　销　/　全国新华书店
印刷装订　/　北京中科印刷有限公司
版　　次　/　2019年6月第1版
印　　次　/　2019年6月第1次印刷
开　　本　/　890mm×1270mm　1/32
字　　数　/　178千字
印　　张　/　10.25

ISBN 978-7-5496-2872-8
定　　价　/　48.00元

侵权必究

装订质量问题，请致电010-87681002（免费更换，邮寄到付）